*THE OMNIPOTENT BRACELET*

## 전능의 팔찌 2부 26
김현석 현대 판타지 장편소설

초판 1쇄 찍은 날 § 2025년 11월 21일
초판 1쇄 펴낸 날 § 2025년 11월 28일

지은이 § 김현석
펴낸이 § 서경석

총괄팀장 § 황창선
편집책임 § 박현성
디자인 § 스튜디오 이너스

펴낸곳 § 도서출판 청어람
등록번호 § 제387-1999-000006호
등록일자 § 1999. 5. 31
어람번호 § 제1-3247호

본사 § 경기도 부천시 부일로 483번길 40 서경B/D 3F (우) 14640
편집부 § 서울특별시 구로구 디지털로 272 한신IT타워 404호 (우) 08389
전화 § 02-6956-0531 팩스 § 02-6956-0532
http://www.chungeoram.com
E-mail § chungeorambook@daum.net

ⓒ 김현석, 2023

ISBN 979-11-04-92544-3 04810
ISBN 979-11-04-92499-6 (세트)

※ 파본은 구입하신 서점에서 교환하여 드립니다.
※ 저자와 협의하여 인지를 붙이지 않습니다.
※ 이 책은 도서출판 청어람과 저작자의 계약에 의해 출판된 것이므로,
   무단 전재 및 유포·공유를 금합니다.

2부

THE OMNIPOTENT BRACELET

김현석 현대 판타지 소설

26

# 전능의 팔찌 2부
## THE OMNIPOTENT BRACELET

# 목차
26권

**Chapter 01**    에이, 뻥이시죠? ·· 7
**Chapter 02**    니가 가라 하와이! ·· 29
**Chapter 03**    국가연합을 원해요 ·· 53
**Chapter 04**    나라를 망친 주범 ·· 75
**Chapter 05**    술을 못 마셔! ·· 97
**Chapter 06**    베푼 만큼 거둔다 ·· 119
**Chapter 07**    우리는 다르다 ·· 141
**Chapter 08**    노벨 평화상 ·· 163
**Chapter 09**    산 채로 기름에 튀겨 ·· 185
**Chapter 10**    수술 잘되었어요 ·· 209
**Chapter 11**    우리도 합쳐줘요 ·· 231
**Chapter 12**    고자 아니래 ·· 253
**Chapter 13**    개만도 못한 새끼들 ·· 275

Chapter 01

—

에이, 뻥이시죠?

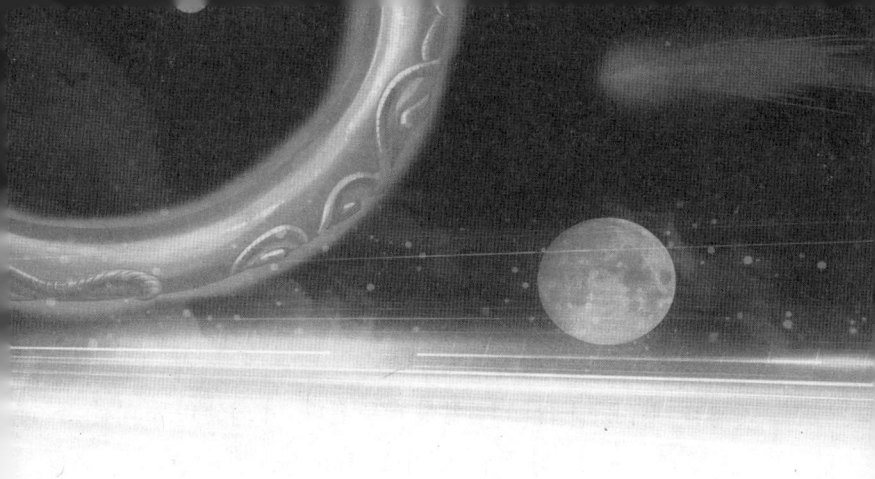

"호호호! 정말 그러셨어요?"

몇 순배가 돌자 이화의 볼이 불그레하다.

술에 단련되지 못해 살짝 취한 듯하고, 지윤도 자꾸 웃는 걸 보면 그 전 단계에 도달한 듯싶다.

한편, 슬라브 3국에서 파견한 밀라와 올리비아, 그리고 아델리나는 까딱없다. 확실히 술이 센 것이다.

한편, 현수의 몸은 알코올을 독(毒)이라 판단한다. 하여 마시는 족족 해독된다.

그래서 아무리 많이 마셔도 까딱없는 것이다.

방금 이화는 마지막 대국에 관한 이야기를 했다.

알파고가 둘 곳을 찾지 못해 계산만 하다 타임 오버로 패했다는 별로 웃기지도 않은 이야기에 깔깔댄 것이다.
  조금 이상한 대목에서 웃는 걸 보면 북한은 확실히 웃을 일이 없었던 나라인 것이 분명하다.
  "다음에 또 덤비면 두실 건가요?"
  3차 대국을 언급한 사람들이 너무 많다. 더 이상 바둑 대결을 못 봐서가 아니라 돈을 못 따서 그러하다.
  지금까지는 잃었지만 다음엔 왠지 딸 수 있을 것이라는 막연한 자신감이 생겨서 더욱 그러하다.
  인터넷에는 1, 2차 대국을 분석하여 다음 대결의 승패와 얼마 만에 승부가 날지에 관한 논문 비슷한 것도 있다.
  참 할 일 없는 사람 많고, 쓸데없는 짓을 많이 한다.
  한편, TV 해설자들도 일제히 3차 대국이 있었으면 좋겠다는 발언을 했다.
  두 번에 걸친 대국 덕분에 바둑 저변(底邊)이 무지막지하게 폭발적으로 늘어나고 있다. 그래서 매장 귀퉁이에 놓인 채 먼지만 쌓여가던 바둑판이 없어서 못 팔 지경이다.
  바둑을 배우면 집중력, 수리력, 암기력, 창의력, 분석력 등이 대폭 향상되고, 매사에 침착해지며, 상대를 배려하게 되는 등 전인교육(全人敎育)에 도움이 된다고 한다.
  이 소문이 돌자 한국의 극성스러운 학부모들이 벌떼처럼 몰려드는 중인 것이다.

정력에 좋다고 하면 무엇이든 잡아먹으려는 사내들과 전혀 다를 바 없다.

한편 바둑 매장을 운영하는 사람들은 그간의 재고를 완전히 털어냄과 동시에 짭짤한 수익을 챙기고 있다.

그렇게 하여 매대가 텅 비게 되자 서둘러 수량 확보에 열을 올리는 중이다.

바둑판과 바둑알뿐만 아니라 바둑 관련 서적들도 불티나게 팔리고 있다.

'고스트 바둑왕'이라는 일본 만화는 연속해서 재간을 찍고 있다. 아울러 대한민국의 거의 모든 바둑교실, 바둑도장, 바둑학원 등이 만원을 이루는 중이다.

이후엔 노인네들만 득실하던 기원들까지 어린아이와 젊은 학부모들에게 자리를 내주고 있다.

열심히 배우기만 하면 하인스 킴 못지않은 바둑천재가 될 수도 있다며 설레발놓는 이들도 많다.

바둑인의 한 사람으로서 어찌 기쁘지 않겠는가! 하여 3차 대국을 반드시 해야 한다고 목청을 돋우고 있다.

딥 마인드도 당연히 같은 생각일 것이다.

3차 대국을 성사시켜야 그간 잃은 돈과 알파고의 명예가 모두 회복되기 때문이다.

세계 각지에서 3차 대국을 요구하지만, 미인들과 파티를 하고 있는 현수의 귀에는 들리지 않는다.

에이, 뻥이시죠?

"또 덤비면 받아는 주지. 다만 다음엔 몸값이 왕창 올라야 하지 않겠어?"

"얼마나요?"

"이제 곧 국왕이 될 테니 한 1,000억 달러 정도는 돼야 나설 생각이야."

"네에? 어, 얼마요?"

"1,000억 달러. 한화로는 117조 5,750억 원."

"에엑…?"

지윤과 이화가 대경실색한다. 화폐 단위가 다른 국가 출신인 나머지 셋은 한 박자 늦게 눈을 크게 뜬다.

"네에? 우와! 헤엑!"

실로 어마어마한 금액임에도 푼돈 이야기하듯 하는데 너무나 태연자약한 표정이라 그러하다.

실제로 현수에겐 쌈짓돈도 안 되는 금액이지만 여인들에겐 감히 엄두도 못 낼 거금이다.

특히 빈곤국가 북한 출신인 설이화의 눈은 더 이상 커질 수 없을 정도로 크게 떠져 있다.

밀라와 올리비아, 그리고 아델리나도 크게 다르지 않다.

경제대국으로 발돋움하고 있는 한국인 김지윤만 약간 놀란 표정이다.

"하, 하실 거예요?"

"뭐, 꼭 하자고 애원하면 들어줄 수도 있지."

"질 수도 있잖아요."

"으음…, 다음에 또 대국을 하게 되면 꼭 내 승리에 돈 걸어. 알았지?"

"며, 몇 수 정도에 이길 건데요?"

"흐음, 오늘처럼 328수 어때? 외우기 쉽지?"

입가에서 장난기를 읽은 듯 밀라가 대꾸한다.

"에이, 뻥이시죠?"

"뻥…? 뻥 아닌데?"

"그, 그럼 진짜요?"

"아니, 가짜."

"… 치잇! 그럼 그렇죠."

"후훗! 이제 알았어?"

짐짓 웃어주었더니 다들 고개를 흔든다.

농락당했다고 느끼는 모양이다. 말은 아니라고 했지만 꼭 그렇게 하자고 마음먹으면 못할 것도 없다.

328수에 끝내는 것은 물론이고, 시간이 얼마나 걸릴지도 결정지을 수 있다. 어떤 수를 놓았을 때 알파고가 얼마나 장고하는지를 알았으니 계산만 잘하면 되는 일이다.

"아무리 천재라고 해도 그건 어렵지요."

"맞아요. 알파고도 잔뜩 준비하고 나올 텐데 다음에 어찌 될지 어떻게 알겠어요?"

"참! 이번에 따신 상금은 어떻게 쓰실 거예요? 전부 식량과 기름 사는 데 쓰시나요?"

북한 지역 주민들에게 당장 필요한 것들이다.

"왜? 뭐 갖고 싶은 거 있어?"

"에? 아뇨. 그냥 궁금해서요."

밀라와 올리비아, 그리고 이화와 아델리나는 원하는 것이 있을 때마다 지윤에게 이야기한다.

내명부 수장이 말하길 '아무리 비싸고 귀한 것이라도 충분히 사줄 수 있어.' 라고 했기 때문이다.

그러면서 말하길 보잉 747이나 에어버스 380 같은 여객기도 필요하다면 사줄 테니 언제든 말하라고 했다.

그런데 아무도 요청하지 않았다. 각각의 정부로부터 받은 뒷주머니가 있기 때문이다.

다만 설이화는 아니다. 하여 며칠 전에 다가와 생리대가 필요하다고 했다. 땡전 한 푼 안 주고 보낸 모양이다.

이에 지윤은 본인이 쓰려고 준비했던 것을 나눠주면서 카드 한 장을 건넸다.

"다음부터는 뭐든 필요한 게 있으면 이걸 써."

이에 이화는 벌벌 떨면서 돌려줬다.

"언니! 난 이런 거 있어도 잘 못 써요."

"왜? 필요한 거 있을 때가 없어?"

"있기야 있죠. 근데 어떤 걸 어디에서 파는지를 몰라요. 그리고 이런 신용카드는 써본 적이 없어요."

"에휴~!"

지윤은 나지막한 한숨을 쉬곤 설이화를 데리고 쇼핑센터로 갔다. 이화에게 어울릴 만한 것을 구입하기 위함이다.

가장 먼저 샤넬, 구찌, 디올, 에르메스, 돌체 앤 가바나, 프라다 등 명품 브랜드가 널려 있는 곳으로 갔다.

이화는 걸려 있는 옷들을 보곤 정신을 못 차렸다. 별 것 아닌 것 같은데 가격이 너무나 비쌌기 때문이다.

하긴 어떤 건 북한 일반가정의 일 년 치 식대를 훌쩍 뛰어넘는데 어찌 놀라지 않겠는가!

몇 번 비슷한 경험을 하자 이화는 더 싼 옷을 파는 곳은 없느냐고 물었다. 그래서 중저가 의류 매장으로 데리고 갔다.

거기서도 마음에 드는 옷을 사진 못하였다. 이화 기준으로 보았을 때 너무 비쌌던 때문이다.

결국 떨이 매대에서 티셔츠와 반바지, 그리고 슬리퍼 등을 구입했다. 하나에 10~20달러짜리이다.

생리대야 당장 급하니 살 수밖에 없었지만 화장품 및 일상생활용품 등은 구입하지 않았다. 지윤이 말하길 한국산이 더 좋으니 굳이 살 필요가 없다고 조언한 때문이다.

지윤은 따라 다니면서 '어울린다, 안 어울린다' 만 평해주었다. '사라, 사지마라' 라는 말은 전혀 하지 않았다.

만일 명품매장에 있는 것을 전부 다 사고 싶다고 했으면 그렇게 해줬을 것이다.

충분히 그럴 능력이 되고도 남기 때문이다.

현수의 재산 규모가 얼마인지 정확히 알지는 못한다.

다만 쇼핑센터 전체뿐만 아니라 도시 자체를 사도 괜찮을 정도라는 것만은 분명하다. 그러니 명품 매장을 터는 것 정도는 누워서 떡 먹기나 다름없다.

어쨌거나 돈 쓰는 법을 가르치려 나갔는데 이화의 소박함만 확인하고 돌아왔다.

이화는 모든 것이 부족한 데다 있는 것마저 변변치 않은 빈한한 삶을 살아왔다. 하여 격에 맞는 소비생활을 하려면 한참 더 걸릴 듯하다.

사실 본인도 이화와 크게 다르지 않다. 평범한 가정에서 태어나 공부만 하다 직장인이 되었다.

적지 않은 급여를 받았지만 그 돈으로는 사치할 엄두를 못 냈다. 하여 명품이니 뭐니 하는 것에 아예 관심을 껐다.

그러다 현수를 만났고, 곧 왕비가 된다.

검소함으로 모범을 보이는 것은 결코 나쁘지 않다. 하지만 국가의 격을 생각하면 쓸 땐 써야 한다.

일국의 왕비가 시골 아낙네들이 입던 허드레 몸빼바지를 입고 돌아다닐 수는 없지 않은가!

공식 석상이라면 당연히 성장(盛裝)[1] 을 하여야 한다. 왕과 왕비는 나라의 얼굴이기 때문이다.

---

[1] 성장(盛裝) : 잘 차려입음. 또는 그런 차림

이때엔 수백억 원짜리 장신구라 할지라도 뽐내듯 패용해야 한다. 그게 왕국의 위세를 보여주는 것이기 때문이다.

모스크바 데뷔탕트 당시 지윤은 럭셔리하게 치장하고 나섰다. 걸치고 있던 드레스는 굼 백화점에서 구입한 그레이스 켈리 드레스로 한화로 7억 원짜리였다.

목걸이와 반지는 모스크바 귀부인들이 사고 싶어도 눈도장만 찍을 수밖에 없었던 '아샤의 세트'였다.

360만 달러라는 가격표가 붙어 있던 것이다.

이밖에 하나에 3,200만 원짜리 귀걸이, 3억 2,000만 원에 구입한 팔찌도 패용했다.

지윤의 곁에 있던 밀라와 올리비아가 맡은 그윽한 향기는 2억 8,000만 원에 구입한 임페리얼 마제스티 No.1이다.

현수 본인이 주로 입는 의복은 중저가 브랜드 위주이다.

그럼에도 지윤이 이처럼 호화롭게 치장했던 것은 조만간 건국될 이실리프 왕국의 안주인이 될 사람이기 때문이다.

그때는 뭣 모르고 그랬지만 지나고 나니 얼굴이 화끈하다.

아무것도 아닌 인간인데 명품으로 치장하자 분수도 모른 채 한껏 뻐겼다 여긴 것이다.

그 후로는 모두의 이목이 집중된 공식 석상이 없었다.

2차 대국을 위해 바하마에 입국했을 때에도 모든 스포트라이트는 당연히 현수에게 향해야 한다고 생각하였기에 아예 다른 통로로 입국했었다.

Y-엔터테인먼트의 여러 아티스트 사이에 섞여 있었으니 확실히 카메라 세례를 덜 받게 되었다.

그래서 아직은 사치 부리는 것이 익숙지 않다. 명품들로 치장하는 것이 왠지 어색하기 때문이다.

'사람은 분수에 맞게 살아야 한다.'라는 말이 있다.

여기서 분수(分數)란, 수학에서 말하는 '몇 분의 몇'이라는 뜻도 있지만 '자기 신분에 맞는 한도' 또는 '사람으로서 일정하게 이를 수 있는 한계'를 뜻하는 말이기도 하다.

지윤과 이화를 비롯한 여인들 모두 본인의 분수를 정확히 파악하지 못하고 있다.

이 세상 어떤 사치를 부려도 모두 용납될 수 있는 수준이지만 그의 100만분, 또는 1,000만분의 1에도 미치지 못하는 소비를 하고 있다. 현수의 재산을 기준으로 보면 너무나 검소한 삶을 살고 있는 것이다.

어쨌거나 '사치도 부려본 놈이 잘 부린다.'는 말이 있다. 요 대목에서 이화는 사치라는 것과 아주 먼 삶을 살았다.

\*       \*       \*

생리가 시작된 이후 얼마 전까지 단 한 번도 생리대라는 걸 써보지 못했다는 것이 그중 한 예이다.

사람들은 잘 모르겠지만 북한에도 생리대는 있다.

'대동강', '밀화부리', '장미'가 있는데 대동강이 가장 보편적으로 사용되는 것이고, 밀화부리, 장미 순으로 비싸다.

가장 저렴한 대동강 한 팩조차 북한 노동자의 한 달 월급과 대등하니 써볼 엄두조차 못 냈다.

하여 다 떨어진 옷을 여러 겹으로 꿰매 생리대 대용으로 썼고, 그걸 빨아서 반복 사용했다.

일류대학에 재학했지만 하루에 겨우 한두 끼, 그것도 넉넉하지 못하게 먹으며 생활했다.

지윤은 이런 사실을 알고 있다. 내명부 수장으로써 비빈들을 관리하려 제법 많은 대화를 했기 때문이다.

하여 이화가 어떤 마음인지 충분히 짐작한다. 본인도 못 사는 것을 그녀가 살 것이라곤 생각할 수 없는 때문이다.

아무튼 뭐든 원하는 것을 사주려 했는데 그 결과는 소박했다. 솔직히 표현하면 본인도 별반 다르지 않다.

이화가 쓴 돈은 한화로 약 20만 원이다.

본인이 옷을 사러 나오면 이보다야 많겠지만 40만 원은 넘지 못할 것이다.

아무튼 이실리프 왕국 왕비들은 너무 검소하다.


"흐음, 한 푼도 안 내놓으면 보나 마나 여러 소리가 나올 테니 적당히 기부할 생각이야."

"그럼 또 국경없는의사회에 기부하시나요?"

"아니! 거긴 작년 10월에 100억 달러나 보냈잖아. 아직 돈 떨어질 때 안 되었을걸."

"그럼, 어디에 쓰실 건데요?"

"아프리카엔 식수가 없어서 흙탕물을 마시는 사람들이 많아. 그걸 개선해주면 어떨까 싶어. 농사짓는 법도 알려주고."

"그럼 NGO 단체에 기부하실 거예요?"

"아니! 이제 곧 왕국이 건국되니 이미지 홍보 차원에서라도 직접 지원할 거야."

"아! 네에."

"콩고민주공화국을 중심으로 에티오피아, 우간다, 르완다, 부룬디, 케냐 등으로 확장하면 어떨까 싶어."

"식수면 관정(管井)을 파준다는 거죠?"

"뭐 그런 셈이지. 깨끗한 물을 마실 수 있게 해주고, 주변에서 농사를 짓도록 하면 어떨까 싶어. 아프리카엔 식량 부족 국가들이 많으니까."

아공간에 담긴 각종 종자들은 각종 병충해에 매우 강하며, 알곡도 많이 열리는 슈퍼 작물이다.

그중 옥수수는 울트라 슈퍼라 칭해도 좋을 정도로 개량된 것이다. 현수가 대지의 여신 가이아의 성녀 스테이시 아르웬과 합작해서 만들어낸 것이다.

콩고민주공화국 등에도 전파될 이 옥수수는 가뭄과 병충해에 강하고, 알곡이 찰지며, 맛이 좋다.

수확량은 기존 옥수수의 22배 정도이다.

2016년 국가통계를 보면 옥수수는 1ha당 약 5톤을 수확했다. 북한이 4.1톤/ha이니 약 22%가량 더 좋은 것이다.

그런데 현수가 가진 울트라 슈퍼 옥수수 종자는 1ha당 110톤 정도를 수확할 수 있다.

1ha가 10,000㎡이니 약 3,025평이다. 따라서 평당 36.36kg씩 생산된다는 뜻이다.

그런데 울트라 슈퍼 옥수수는 재배기간이 73~75일에 불과하다. 그래서 1년에 최대 5모작까지 할 수 있다.

그렇다면 22×5니까 기존의 110배가 수확된다.

북한의 식량난을 단숨에 해결하고도 무지막지하게 남는다.

참고로, 북한의 2016년 옥수수 수확량은 228만 8천 톤이었다. 그리고 부족했던 양은 약 80만 톤이다.

같은 면적에 울트라 슈퍼 옥수수를 파종하고, 이를 5모작을 하면 무려 3억 789만 톤이나 수확할 수 있다.

이 정도면 옥수수 알곡에 깔려서 죽을 정도가 된다.

물론 재배에 적합한 환경을 갖춰야 될 일이다.

기온, 일조량, 강수량, 토질, 양분, 습도 등의 모든 여건이 모두 맞아야 가능하다.

물과 불, 그리고 땅과 바람의 정령이 힘을 합치면 충분히 갖출 수 있는 조건이다. 여기에 가이아 여신의 신성력 내지 가호를 내리면 어찌 되겠는가!

게다가 어마어마한 미래 기술도 있다.

아무리 척박한 땅이라 할지라도 기대 이상의 수확을 거둘 수 있을 발달된 농업기술이 확보되어 있는 것이다.

따라서 모든 식량을 자급자족하고도 어마어마하게 남을 정도가 된다.

이뿐만이 아니다. 이실리프 왕국은 당분간 세 곳의 영토에서 통치된다. 휴전선 이북과 만주 전역, 그리고 장강 이북지역 전체가 하나이고, 콩고민주공화국에서 조차한 곳이 하나, 마지막으로 슬라브 3국이 제공한 조차지가 있다.

각각은 토양과 수질, 기후, 강수량 등이 완전히 다르다.

그리고 세 곳 모두에 포탈마법진이 설치되면 1초의 딜레이도 없이 수시로 오갈 수 있다.

각각의 땅에 가장 적합한 작물을 재배하고, 그 수확물을 필요로 하는 곳과 교환하면 누이 좋고 매부 좋은 일이 된다.

도랑 치고 가재 잡고, 마당 쓸고 동전 줍고, 꿩 먹고 알도 먹고, 님 보고 뽕도 따는 일이나 마찬가지인 것이다.

이를 퉁친 말이 일석이조이다.

그런데 무엇이든 포탈마법진을 통과하는 순간 모든 박테리아와 바이러스가 완전히 사멸된다. 따라서 검역에 신경 쓰지 않아도 되니 일석삼조 이상이기도 하다.

어쨌든 중부 아프리카에 위치한 말라위는 3년에 한 번 작황이 떨어지는 사이클이 반복되는 국가이다.

이 나라의 주식이 옥수수인지라 기근이 닥치면 쥐까지 잡아먹어야 간신히 견딜 정도가 된다.

이런 나라에 울트라 슈퍼 옥수수가 들어가면 다시는 그런 지경에 처하지는 않게 될 것이다.

아프리카 대륙의 주식 중 하나인 카사바(Cassava)는 무독성으로 개량된 종자가 있다.

참고로, 카사바는 고구마처럼 생긴 덩이뿌리 식물이다.

사람이 소화 흡수 할 수 있는 열량원인 녹말이 풍부하여 구황작물로 사용되고 있다.

문제는 맹독인 청산(青酸)[2]이 함유되어 있다는 것이다.

하여 카사바를 날로 먹었다간 자칫 사달이 날 수도 있으니 반드시 익혀 먹어야 한다.

그러지 않으면 사망할 수도 있다.

하지만 현수가 개량한 것은 생으로 먹어도 탈나지 않는다. 하긴, 괜히 '무독성'이란 명칭이 붙어 있겠는가!

카사바는 5월 초에 노지에 심어서 10월 말이나 11월 초에 수확하고 있다. 생육기간이 6개월이라는 뜻이다.

무독성 카사바는 4개월이면 수확 가능해진다. 생육기간이 짧아진 것이다.

그럼에도 모든 영양분이 충실히 담겨 있다. 아울러 일찍 상

---

[2] 청산(青酸) : 사이안화 칼륨에 황산을 넣고 증류하여 얻는 무색의 액체. 독성이 강하여 생체의 호흡작용을 방해한다. 살충제, 섬유나 수지의 합성원료 따위로 쓰인다

하지도 않는다. 보관기간이 늘어나게 된 것이다.

알이 굵고, 수확량이 크게 늘어나는데 이는 기존 카사바의 12배 이상이다.

다만 지력(地力)이 웬만해야 한다는 조건이 있다.

가이아 여신이 넘겨준 신력이 있으니 대지의 가호를 내리거나 땅의 최상급 정령을 동원하면 놀고 있는 땅의 양분까지 끌어다 공급하니 굳이 비료가 없어도 된다.

한편, 카사바 줄기는 말려서 소 등의 가축에게 먹이로 줄 수도 있다. 활용가치가 상당히 높은 작물인 것이다.

현수가 개량한 것들의 공통된 특징은 언제든 그 효능을 거둬들일 수 있다는 것이다. 따라서 종자가 다른 나라로 유출될 수는 있지만 그것으로 같은 효과를 볼 수 없다.

아주 오래전엔 굳이 그런 제약을 두지 않았는데 이를 악용한 사례가 있어 조치를 취한 결과이다.


"그럼 인력이 많이 필요하겠네요."

"그렇지. 한국인은 출입국이 어려우니 우크라이나와 벨라루스, 그리고 러시아에서 인원을 선발하면 어떨까 싶어."

밀리와 올리비아, 그리고 아델리나의 눈빛이 반짝인다. 자국 경제에 큰 도움이 될 일이기 때문이다.

"일단 나라별로 10,000명씩 뽑을 생각이야."

관정 기술자와 농업지도자, 그리고 각종 장비 운용인원 및 배후 지원인력과 경호원 등이다.

이중 경호원이 가장 많다. 맹수의 접근을 차단하고, 혹시 있을지 모를 강도나 반군들을 퇴치해야 하기 때문이다.

1팀당 250명씩 나눠서 작업하는데 100명은 우물을 파고, 농업을 지도하며, 보건교육을 하고 필요한 것을 건설한다.

군대로 치면 공병, 취사병, 보급병, 군수병, 정훈병, 위생병 등의 역할을 맡는 것이다.

나머지 150명은 혹시 있을지 모를 습격을 대비한다. 경계병 내지 전투병이다.

이들의 개별 무장으로 K2소총, K15경기관총, K5권총, K413수류탄, K4유탄발사기 등이 지급된다.

이들의 공통점은 모두 한국산이라는 것이다.

이밖에 각종 장비 및 보급품 등을 실을 군사용 보병 트럭도 제공된다. 한국의 5톤 윙바디와 유사한 형상과 크기인데 뚜껑까지 개폐되는 것이다.

외장 판넬은 RPG—7에 직격 되어도 별다른 피해를 입지 않을 고성능 방탄판이다.

폭발이 일어나는 순간 외장 된 나노 금속 사슬이 초고속으로 진동하면서 모든 폭발을 상쇄시키는 것이다.

그리 두껍지 않으며 반투명이고, 중간중간 구멍이 뚫려 있어 반격 가능한 이동수단이다.

이동 시 운전자, 작업자 외에 호위병도 승차한다.

그래서 제법 안락한 간이의자가 설치된다. 푹신하지는 않지만 엉덩이가 배길 정도는 아니다.

항온마법진은 서비스이다.

각 팀당 20대의 트럭이 배정되는데 호위를 위해 미래에 개발될 보병전투장갑차 '검치호' 2대가 추가로 배정된다.

무장한 8명의 병력이 편안히 머물 수 있는 것이다.

이것 또한 항온마법진이 있어 쾌적하며, 야지(野地)를 고속으로 주파해도 편안한 의자에 앉은 듯 안락함을 느낀다.

전면은 물론이고, 후면과 좌·우면 모두에 고효율 반응장갑이 배치되어 있다. 하여 열화우라늄탄에 피탄 되더라도 별다른 피해를 입지 않는다.

외장된 30㎜ 기관포 2문은 360° 회전 가능하여 전후좌우 모두를 공격할 수 있다.

사격이 개시됨과 동시에 자동으로 전개되는 투명 방호 시스템은 사수를 철저히 보호한다.

이밖에 다용도 미사일도 30개씩 탑재되어 있다. 어른 팔뚝 정도 크기인 추살이다.

적의 장갑차와 전차는 물론이고, 헬기와 전투기까지 공격 가능하며, 당연하게도 백발백중이다.

따라서 적 전차 26대, 자주포 16대, 그리고 헬기 10대, 전투기 8대를 만나더라도 자동조준 시스템으로 모조리 작살낼 수 있다.

피아식별장치와 목표물이 겹치지 않게 하는 아주 똑똑한 넘버링 시스템이 있어 사격 효율이 매우 높다.

단연 세계 최고의 성능과 기량을 갖춘 것이다.

보병들에겐 신형 방탄 헬멧과 방탄복이 지급된다.

권총은 물론이고, 근거리 소총탄으로부터 호위병을 보호하는 것이다. 참고로, 지금껏 근거리 소총탄을 막는 방탄 헬멧은 존재하지 않았다.

지급되는 근무복과 작업복엔 항온마법진이 적용되어 있다.

섬유 직조 과정에서 생성되는 기하학적인 무늬 속에 감췄기에 인간의 눈으로는 식별하기 어렵다.

현재 유럽 독점권을 가진 지르코프의 공장에서 생산되고 있는 중이다. 참고로, 공장에서 생산이 마쳐지면 마법사에 의한 활성화마법이 구현되어야 기능이 발휘되는 것이다.

아무튼 3개 국가에서 각각 10,000명씩 선발하니 총원 3만 명이다. 250명씩 총 120개 팀이 만들어지는 것이다.

각 팀의 리더는 현수가 직접 파견하는 휴머노이드이다.

관정을 뚫으려면 먼저 수맥 탐사부터 해야 한다. 아무 데나 뚫는다고 단번에 물이 나오는 것이 아닌 것이다.

여러 번 탐사를 해도 안 되면 관정이 있을 만한 곳을 찾아 10m씩 이동해가며 전류를 흘려보내 수맥을 찾아본다.

한편, 휴머노이드들에겐 어디에 수맥이 있는지, 수량은 얼마나 되는지가 조사된 수맥 지도가 지급된다.

사전에 위성 탐사기술로 조사된 자료이다. 따라서 우물을 얻기 위해 여러 번 헛수고를 하지 않아도 된다.

 원샷 원킬이라 '여기를 뚫어.' 라고 하면 반드시 물이 솟구치게 되는 것이다. 이렇듯 가장 효율적으로 업무지시를 내릴 수 있으며, 모든 장비의 정비 및 수리가 가능하다.

Chapter 02
—
니가 가라 하와이!

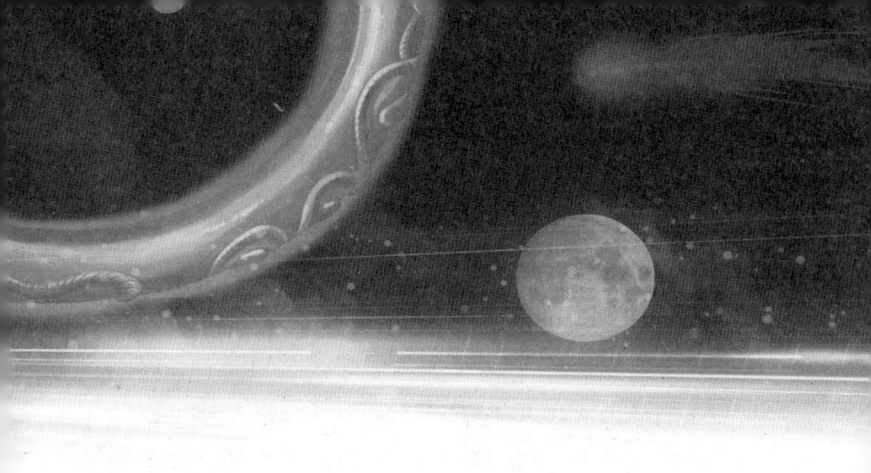

 휴머노이드의 아공간엔 만능제작기와 원소수집기, 그리고 원소분해기가 있다. 따라서 부품이 파손된 경우 현장에서 제작할 수 있다. 망실된 부품을 구하려고 시간 낭비할 일이 없는 것이다.

 이밖에 유사시를 대비한 각종 의약품과 식량, 식수 및 각종 장비들이 들어가게 된다.

 즉각적으로 상처를 아물게 하는 미라힐도 포함되어 있다.

 노지(露地) 숙박을 위한 기능성 텐트도 담긴다.

 팀장이 사용할 텐트엔 모기, 파리, 체체파리[3], 벌, 벼룩 등

---
3) 체체(Tsetse)파리 : 소와 비슷한 초식동물에게는 신경성 질환인 나가나병을, 인간에게는 수면병을 옮기는 중간 숙주

각종 해충이 범접하지 못하게 하는 마법진이 부착된다.

뱀, 쥐, 악어 등 유해한 동물의 접근도 완벽히 차단되는데 유효 반경은 대략 1㎞이다.

팀원들에게 지급될 텐트 또한 평범하지 않다.

항온항습마법진이 있어 쾌적할 뿐만 아니라 피로 회복에 더 없이 효과적인 바디 리프레시 마법진 또한 부착된다.

하루에 한 번 새벽 3시경에 구현되는 이 마법은 고된 하루를 보내는 동안 발생 되었던 모든 피로물질을 분해한다.

덕분에 이 텐트에서 수면을 취하면 한 시간을 자더라도 최소 12시간은 푹 쉬고 나온 듯 팔팔해진다.

어쨌거나 휴머노이드의 임무는 팀 통솔과 보호이다.

덥고, 습하며 모든 것이 불편할 수 있는 곳까지 가서 일을 하는데 부상당하거나 목숨을 잃으면 얼마나 억울하겠는가!

따라서 유사시엔 막강 병기가 되어 적을 휩쓸어버릴 막강한 전력이다. 혼자서 능히 사단 병력을 궤멸시킬 수 있다.

4세대 전차 500대와 공격헬기 100대, 중무장 정예병력 20,000명이 동시에 접근하더라도 걱정 없다.

위성을 통해 미리 입수된 첩보에 따라 시계(視界) 밖에서 깡그리 전멸시킬 충분한 능력이 있기 때문이다.

참고로, 4세대 전차는 아직 개발되지 않았다. K—2 흑표는 3.5세대에 전차에 해당된다.

만일 전투기 또는 폭격기가 동원되면 위성발사 레일건으로

격추시킨다. 당연히 원샷 원킬이다.

현존 전투기와 폭격기 등은 이를 절대로 피할 수 없다.

이보다 더 나아가 ICBM 또는 SLBM 등 각종 미사일로 공격하려는 조짐이 보이면 원점 자체를 초토화시켜 씨를 말려버린다. 다시 말해 공격 의도를 보이면 아예 미사일 기지를 먼저 작살낸다.

이때 사용되는 병기는 광자포이다.

참고로, 이것의 위력은 목표지점 반경 5.6km 즉 약 3,000만평을 완전히 작살내는 것이다. 단숨에 지하 100m 깊이의 흙과 바위가 뒤집힌다.

이 과정에서 각종 시설이나 건축물 등이 완전히 박살나니 남아나는 게 없다. 도로, 교량, 댐, 빌딩 등 모든 건축물들이 완전히 바스라지는 것이다.

아울러 엄청난 고열이 발생해 생존력 끝판왕급인 바퀴벌레는 물론, 박테리아와 바이러스까지 살아남기 힘들다.

참고로, 서울의 지하철 역사 중 가장 깊이가 깊은 곳은 8호선 산성역으로 선로 심도 55.79m이다.

부산은 3호선 만덕역이고, 심도는 약 70m이다.

한편, 평양의 지하철은 지하 96m에 지어져 있다. 모두 100m를 넘지 못하니 광자포의 공격을 감당할 수 없다.

이러니 팀원들에 대한 공격 시도는 분명한 자충수가 된다. 거꾸로 거의 궤멸적인 수준이 되어버리기 때문이다.

그럼에도 쉽게 능력을 드러내진 않을 것이다. 30,000명 모두 왕국의 일꾼 내지 인재로 성장시켜야 하는 때문이다.

"근데 아직은 본국에 연락하지 마."

"왜요?"

"이미 적합한 사람 알아서 뽑고 있을 거야."

"아……! 네에."

"다만 지금 뽑는 사람들 전원 아프리카에 파견해서 봉사활동하게 할 계획이란 것 정도는 알려줘도 돼."

"네에."

밀라와 올리비아, 그리고 아델리나는 시계를 본다. 본국과의 시차(時差)를 계산하려는 것이다.

"자자! 오늘은 조금만 더 마시고 쉬자. 내일 바다에 나가서 조금 놀 거구. 가는 길에 하와이에서 잠시 쉴 거야."

"진짜요? 진짜, 하와이도 가요?"

"응! 가는 길에 있으니 며칠 들르지 뭐."

"와아! 좋겠다."

지윤을 포함한 모두 하와이가 좋다는 말은 들어봤지만 한 번도 못 가봤다. 그러니 다들 들뜬 표정이다.

현수가 잔을 치켜들자 다들 따라 들고는 이내 잔을 비운다. 이렇게 소소한 파티가 끝났다.

"이제 대강 치우고 자자."

"네에, 저희가 치울게요. 먼저 들어가서 쉬세요."

"그래? 알았어, 고마워."

현수는 사양치 않고 본인의 룸으로 들어갔다.

킹 사이즈 침대 좌우에 퀸 사이즈가 딱 붙어 있다. 이러니 한꺼번에 열 명이 자도 될 정도로 넓어 보인다.

피식—!

실소를 지은 현수는 얼른 양치를 하고 나왔다.

그리곤 침대 중앙에 반듯하게 누웠다. 뭔 속내로 침대를 붙여놓았는지 어디 한번 해 보라는 의도이다.

현재는 아무런 할 일도 없는 상황이다.

그렇다 하여 자리를 비울 수는 없다. 지금 사라지면 밤새도록 찾아 헤맬 것이 뻔하기 때문이다.

잠시 후 문이 열리는가 싶더니 뭔가 뭉클한 것이 좌우에서 밀착된다. 왼쪽은 지윤, 오른쪽은 밀라 같다. 그 뒤쪽으로 올리비아와 아델리나, 그리고 이화가 차례로 눕는다.

다들 긴장하거나 흥분한 듯 숨소리가 살짝 거칠다. 혹시 들킬까 싶어 그런지 억지로 숨을 고르는 듯한 느낌이다.

"슬립!"

말 떨어지기 무섭게 모두의 숨소리가 동시에 고요해진다.

"어이구……! 이러지 말라니까… 쯧쯧!"

자리에서 일어난 현수는 혀를 찼다. 그리곤 이불로 덮어주었다. 뭔 작정을 했는지 다들 헐벗은 상태이다.

속이 훤히 비치는 얇은 슬립에 망사팬티뿐이다.

웬만한 사내라면 대번에 눈 돌아갈 정도로 섹시한 모습이다. 모두 천하절색이라는 말이 절로 나올 정도인 미녀이다.

게다가 몸매는 또 어떠한가!

밀라, 올리비아, 그리고 아델리나는 서양인 특유의 육감적인 몸매이다. 지윤도 동양인치고는 볼륨감이 있다.

반면 이화는 살짝 말랐다. 워낙 못 먹고 자라서 그럴 것이다. 비단 이화만 이러하겠는가!

휴전선 이북에 거주하는 주민들은 발육이 좋지 못하다.

남쪽 한국에 비교하면 왜소하고, 저체중이다. 같은 민족이지만 성장기 영양이 다르기 때문이다.

아무튼 이 여인들은 소기의 목적을 이루지 못하였다.

오늘 하루 이 여인들은 몹시 바빴다. 아침 산책 후부터 조금 전까지 작전 성공을 위해 씻고, 가다듬었다.

오늘을 D-Day로 잡았기 때문이다.

다들 꼼꼼하게 때를 밀었고, 공들여 화장을 했으며, 엷은 향을 내는 향수를 뿌렸다. 그러면서 작전계획을 짰다.

그래서 현수에게 준 칵테일만 도수가 약간 높았던 것이다.

대놓고 유혹해도 반응을 보이지 않자 혹시 고자가 아닐까 의심스러워 집단 육탄돌격으로 진위를 확인하고자 함이다.

하긴, 본인들의 일생이 걸린 일이기는 하다.

어렵게 왕국의 비(妃)나 빈(嬪)으로 낙점되었는데 알고 보니 국왕이 고자(鼓子)라면 어찌하겠는가!

감히 무르자고 할 수는 없다. 자국의 이익에 크게 반하기 때문이다. 국가는 본인의 희생을 요구할 것이 뻔하다.

다만 아직 쌀이 익어 밥이 된 상태는 아니다.

누군가 육체적인 교섭에 성공하여 사실을 확인해봤더니 성불구자라면 아직은 후퇴할 길이 있다.

지금까지 파악한 현수의 성품은 올곧고, 다정하며, 위트 있고, 솔직담백하며, 남을 배려한다.

다시 말해 선한 성품인 것이다. 아울러 거짓말하는 것과 누군가를 속여 이익을 취하려는 것을 본 적이 없다.

이러니 돌아가겠다고 하면 흔쾌히 보내줄 사람이다.

사실 지윤도 몹시 궁금했다. 본인이 가장 많이 육탄돌격을 감행했는데 번번이 실패했기 때문이다.

하여 오늘은 누가 성공하든 총대를 맨 사람에게 합당한 보상을 약속했다. 만일 현수가 성불구자라는 판단이 서면 나머지 모두 물러설 길을 열어주겠다는 것이 그것이다.

아울러 지금껏 있었던 일은 완전한 비밀이고, 평생토록 빈궁하지 않을 정도의 돈도 주기로 했다.

밀라와 올리비아, 그리고 아델리나는 각각 1,000만 달러를 받도록 할 계획이다. 물론 이 돈은 현수의 계좌에서 빠져나간다. 고자인 것을 숨겼다는 것이 그 이유이다.

이 금액은 한국에서도 상당히 큰돈이다.

하물며 우크라이나와 벨라루스, 그리고 러시아에서는 어떻겠는가! 팔자를 두 번 고치고도 남을 거액이다.

지윤은 모스크바 데뷔탕트 때 왕비로 선언되었으니 빼도 박도 못한다. 이화는 한반도 북쪽에 건국될 왕국의 왕비로 내정되어 있다.

고려를 건국했던 태조 왕건은 29번의 결혼을 했다.

건국 후 지방 호족들과의 연대와 연합을 위한 전략적인 이유가 가장 컸다. 본인도 호족 출신이었기 때문이다.

언제든 반역자가 나올 수 있기에 혼인전략으로 국가를 하나로 모으기 위함이었다는 학설이 있다.

설이화를 비나 빈으로 맞이하려는 것도 이와 흡사하다. 현수는 분명한 동양인이지만 국적이 남아프리카 공화국이다.

다시 말해 기존 북한 주민들에게 있어 현수는 먼 나라에서 온 돈 많고, 똑똑한 이방인일 뿐이다.

하지만 설이화는 아니다.

북한 태생이고, 천재들만 다닌다는 김책공대 정보통신학과를 졸업할 예정이다. 충분히 주민들의 구심점이 될 수 있다.

따라서 현수가 고자라 할지라도 지윤과 이화는 곁을 떠날 수 없다. 평생 독수공방하며 긴긴밤을 지내야 하는 것이다.

하지만 밀라와 올리비아, 그리고 아델리나는 공식적으로 선포된 비나 빈이 아니다.

각 나라에서 본인의 의사와 상관없이 파견된 정략혼의 대상일 뿐이다. 따라서 현수가 마음에 들지 않아 돌려보낸다고 하면 그냥 그걸로 끝이다.

현수가 고자라는 건 철저한 대외비가 된다. 따라서 함께 보냈다는 이유만으로 정조를 의심받게 될 것이다.

그런데 슬라브 3국은 유교를 신봉하는 국가가 아니다.

다시 말해 조선시대처럼 정조에 목숨까지 걸어야 하는 나라가 아닌 것이다. 따라서 한동안은 구설수에 오를 수도 있지만 괜찮은 사람 골라서 결혼할 수도 있을 것이다.

어쨌거나 오늘의 동침은 서열이 확정된 상태라서 가능했던 일이다. 지윤 등은 누가 선택받든 무조건 밀어주는 것으로 약속하고 다 같이 누웠다.

부끄럽지만 매우 헐벗은 상태이다.

올리비아는 노골적인 노출보다는 아슬아슬한 모습이 사내의 마음을 홀리는 데 더 효과적이라는 의견을 내놓았다.

출처를 물었더니 어떤 여성잡지라고 하였는데 정확히는 기억하지 못했다.

가만히 듣고 보니 그럴듯한 이야기이다.

하여 속이 훤히 비치는 슬립 안에 야들야들한 망사팬티, 그것도 절반쯤 비치는 것을 걸쳤던 것이다.

그러면서 살짝 다리를 오므려 부끄러운 부위를 감췄다. 이게 뇌쇄적인 포즈라는 의견을 수렴한 것이다.

백이면 백 성공할 것이라 예상했는데 오늘도 작전실패다.

사람들이 흔히 말하길 기는 놈 위에 걷는 놈, 걷는 놈 위에 뛰는 놈, 그리고 뛰는 놈 위에 나는 놈이 있다고 한다.

지윤 일당이 기고 있다면 현수는 하늘 위 우주에서 세상 만물을 내려다보는 존재이다.

하긴 반신(半神)의 경지에 올라 있으니 당연한 말이다.

그 결과는 여인들의 나지막한 코 고는 소리이다.

오늘은 마음도 제법 피곤했던 날이었다.

거사를 앞두고 준비할 것도 많았고, 마음가짐을 새로이 했어야 하며, 가슴 졸이며 손길을 기다려야 했다.

그러는 동안 저도 모르게 여러 잔의 칵테일을 비웠다. 그렇기에 완전히 곯아떨어진 것이다.

　　　　*　　　　　*　　　　　*

슬그머니 자리에서 일어난 현수는 거실로 나갔다가 아예 베란다로 나갔다. 주향이 그득했던 때문이다.

밖으로 나오니 오염되지 않은 공기 덕분에 하늘에 총총히 떠 있는 별들이 아주 뚜렷하게 보인다.

'아직 아르센 대륙 수준이 되려면 멀었군.'

'이산화탄소, 메탄, 수소불화탄소, 과불화탄소 등 여러 온실가스의 농도가 너무 진해서 그런 거죠.'

'이상기후의 원인이지. 그래서 현실적인 감축 방법은?'

'재생 에너지 상용화, 교통수단 개선, 산업분야 개선, 숲과

토양 관리, 해양 보호, 친환경 소비와 재활용, 식생활 개선, 그리고 기후변화 현상 대비 등이 있죠.'

즉문즉답이다. 과연 도로시답다.

'전기차로 전환, 핵융합발전, 폐플라스틱 재활용 정도만 해도 많이 떨어지지 않겠어?'

'그럼요! 현재의 75% 이하로 떨어뜨릴 수 있어요.'

전기차는 곧 상용화시킬 계획이다. 배터리 가격만 떨어지면 현재의 내연기관차와 비슷한 가격이 될 수 있다.

이실리프 왕국에서 생산되는 배터리는 전량 내수로만 쓰일 예정이다. 현재 기준으로 보면 거의 오파츠(OOPARTS)[4]에 가깝기 때문이다.

한국 기업들은 현수로부터 적절한 기술 이전을 받아 다운그레이드된 배터리를 생산한다.

이것의 수출은 현수의 허락이 있어야 가능하다. 팔아달라고 애원해도 주고 싶지 않은 것들이 있기 때문이다.

언제 뒤통수를 갈길지 모를 베트남이나 인도네시아가 있고, 언제나 자국 우선주의를 주창하는 미국도 있다.

예를 들어 미국이 자국 생산을 강력히 요구하는 경우엔 아예 수출을 끊어버린다.

지나와 북한이 사라지고, 일본은 곧 이빨 뽑힌 상태가 되므

---

[4] 오파츠 : Out-of-place artifacts. 역사학적, 고고학적, 고생물학적으로 불가능해 보이거나 비정상적으로 보이는 물체를 의미

로 더 이상 미국의 보호가 필요 없다.

6.25때 참전하여 민주국가를 이루게 해준 것은 고맙지만 그 공(功)은 이미 다 갚았다.

60년 이상 호구가 되어 비싼 값에 미국산 무기를 도입해줬고, 채권을 샀으며, 정치적 요구에 충실히 따라줬다.

전후복구도 끝나지 않았던 1965년엔 베트남전 참전요청을 받았고, 그 결과 5,099명이 사망한 것도 미국 때문이다.

현재도 전시작전통제권을 미군인 한미연합사령관이 가지고 있고, 미사일 지침[5]은 오랫동안 주권을 유린하고 있다.

이밖에 불평등 조약의 대명사가 된 한미 소파(SOFA)협정[6]도 묵묵히 감내해내고 있다.

사실, 이 협정은 국가 간에 체결된 것 중 가장 불평등한 조약이라 할 수 있다.

미군은 전범국인 독일과 일본에도 주둔해있고, 그들과도 소파협정을 맺었는데 그것보다 훨씬 더 불평등하다.

우호국이며, 맹방이라면서 전범국보다 더 못한 대우를 하고 있는 것이다.

1966년 당시의 미군은 점령군으로 들어왔고, 이후에도 점령군 역할을 철저히 하고 있다는 것이 팩트이다.

---

5) 미사일 지침 : 1978년 미국에 의한 한국의 탄도미사일 개발 규제 가이드라인. 사거리 180㎞, 탄두중량 500㎏으로 제한

6) 소파협정 : Status of Forces Agreement. 한국과 미국 간의 상호 방위 조약 제4조에 의한 시설과 구역 및 대한민국에서의 미합중국 군대의 지위에 관한 협정

그래서 역대 정부는 단 한 번도 미국으로부터 자유롭지 못했다. 그저 말뿐인 독립국이었던 것이다.

지나와 북한이 사라진 이상 한반도는 이제 더 이상 미국의 역할이 필요치 않다. 따라서 즉각 전시작전통제권을 회수하고, 주한미군 전체를 철수시켜야 한다.

아울러 불평등했던 모든 조약을 파기해야 한다.

그 결과 미국과의 무역이 끊긴다 하여도 아쉬울 것 하나 없다. 향후 수십 년은 이실리프 왕국과의 교역만으로도 충분히 유지될 수 있는 때문이다.

미국은 자타가 공인하는 세계 최강국으로 인정받고 있었다. 하지만 이제부터는 아니다.

사실 이실리프 왕국 입장에서 보면 가소로운 일이다.

언제든 한 시간 이내에 북아메리카 대륙 전체를 초토화시킬 수 있다. 당연히 왕국 피해는 전무이다.

크게 돈 드는 일도 아니고 자원을 소모하는 일도 아니다.

그저 광자포 출력을 조금 높이거나 대행성병기인 마나포를 쓰면 될 일이다.

한국이야 모르는 일이니 당분간은 예전의 행보를 유지하겠지만 차츰 개선시켜야 할 것이다. 미국의 지배로부터 완전히 벗어나게 하는 것이 목표이다.

어쨌거나 지구에서 가장 많은 오염물질을 배출하고 어마어마한 에너지를 소비하던 지나는 멸망상태이다.

이것만으로도 온실가스 배출이 왕창 줄었다.

핵융합발전으로 만들어진 전기는 먼저 왕국에서 사용하고 나머지를 한국과 러시아, 우크라이나 벨라루스, 콩고민주공화국 등에 공급한다.

그러고도 상당히 많이 남는데 이를 다른 나라에 수출하는 것만으로도 온실가스 배출을 더 줄일 수 있다.

게다가 폐플라스틱이나 비닐 등으로부터 석유 등을 얻어내는 것 또한 큰 효과가 있을 것이다.

그럼에도 이미 녹아버린 빙하로 인한 해수면 상승을 막아낼 수는 없다. 남태평양의 투발루와 나우루는 이미 큰 피해를 입은 상태이다.

'흐음! 북극과 남극에 마법진 설치하면 어떨까?'

'뭐, 퍼펙트 블리자드 정도면 이전으로 복귀되긴 하겠지만 권장하지는 않아요.'

이 마법은 현수가 창안한 것으로 굳이 따지자면 11서클 마법에 해당된다.

참고로, 블리자드(blizzard)란 미국 버지니아 주에서 겨울에 부는 차가운 서북풍을 칭하는 말이다. 풍속 20m/s 이상, 기온 $-12°C$ 이하, 시계 0에 가까운 상태를 뜻한다.

러시아 남부에서는 '부란'(Buran), 북 시베리아 툰드라 지대에서는 '푸르가'(Purga), 아르헨티나의 팜파스 지방에서는 '팜페로'(Pampero)라고 한다.

아무튼 퍼펙트 블리자드가 구현되면 풍속 50m/s 이상, 기온 -150°C 이하, 시계 제로가 된다.

이는 유해하지만 제거가 어려운 외계 생명체 등을 박멸할 목적으로 창안된 것이다.

현수가 직접 구현시키면 약 12시간 정도 유지된다. 이 과정에서 엄청난 마나가 소모된다.

마법 반경이 무려 50km나 되니 당연한 일이다. 소모되는 마나는 9서클 마법사조차 감당하기 어려울 정도이다.

물론 현수는 휴먼 하트를 이루었고, 켈레모라니의 비늘도 있으므로 해당사항 없다.

따라서 연속으로 12번 이상 시전 가능하다.

하지만 주로 마법진을 이용한다. 한 자리에 머물러 있으면서 매 12시간마다 반복할 수는 없지 않겠는가!

마법진에 초고효율 마나 집적진을 추가하고, 최상급 마나석까지 박아 넣으면 세상의 마나가 모두 소진될 때까지 그 상태를 그대로 유지한다.

이 마법진이 세계수의 효력 범위(750km) 안에 있다면 끊임없이 마나를 공급받으므로 그 효력은 영구하다 할 것이다.

마법 반경이 50km이니 직경 100km가 무지막지한 냉기 폭풍 속에 잠겨 모든 것이 꽝꽝 얼어붙는다.

대기의 수분까지 모두 얼어서 떨어지고, 냉기는 땅속 깊숙한 곳까지 파고든다. 펄펄 끓던 물이라 할지라도 이 냉기에 닿으면 바로 얼어붙는다.

만년빙하가 저절로 만들어지는 것이다.

'왜지?'

'괜히 엄한 사람 잡게 될 거예요.'

'엄한 사람? 멀쩡한 사람들이 남북극에 왜 가?'

'이상저온 현상이 발생하면 과학자나 기자들이 찾아갈 텐데 그들은 −150℃를 감당하지 못해요.'

'방한복 있잖아.'

'현존 방한복으로는 어림도 없어요. 잊으셨어요? 항온마법도 퍼펙트 블리자드 안에서는 깨진다는 걸!'

'아! 그렇지.'

현수처럼 완벽하게 한서불침(寒暑不侵)인 신체가 아니면 휴머노이드조차 행동이 굼떠진다.

하물며 일반인은 어떠하겠는가! 냉기에 접촉하면 곧바로 냉동인간이 되어 버린다.

사실 항온마법도 상당히 강력한 마법이다. 하지만 11서클 마법인 퍼펙트 블리자드를 극복하기엔 너무 저서클이다.

성냥불이 아무리 뜨겁다 하여 태양보다 뜨겁겠는가!

냉장고의 얼음이 아무리 차갑다 하더라도 액화질소(−196℃)보다는 덜 차갑다.

굳이 비유하자면 그 정도의 차이가 있다.

하여 항온의류를 입었다고 멋모르고 접근했다가는 곧바로

꽝꽝 얼어붙은 동태 꼴이 되는 것이다.

10분 이내에 끄집어내면 2150년대에 개발될 해동기술로 되살릴 수 있으나 그 시간이 지나면 그대로 사망이다.

그렇게 사망한 후 1시간이 지나지 않았다면 10서클 부활마법인 리절렉션으로 되살릴 수 있다.

그 시간이 지나면 현수라 할지라도 되살릴 방법이 없다. 아직 그런 마법을 창안해내지 않은 때문이다.

11서클 마법으로 인한 사망은 10서클 마법으로 되살릴 수 없다. 따라서 최소 12서클 마법은 되어야 한다.

아직 만들지 않았지만 명칭은 정해두었다. '퍼펙트 리절렉션'이 그것이다.

'완벽한 부활'이라는 뜻으로 꽝꽝 얼어붙은 신체 내부까지 부작용 없이 모두 원상회복시키기 때문이다.

이곳으로 오기 전엔 시간이 꽤 많았다. 그럼에도 이를 창안하지 않은 이유는 굳이 그럴 필요를 느끼지 못해서이다.

아르센 대륙 등에선 퍼펙트 블라자드가 어떤 위력을 보이는지 널리 알려져 있다. 그러니 이 마법이 구현된 곳엔 감히 접근조차 하려고 하지 않는다.

그래도 충분히 경고하고 이 마법을 시전하곤 했다. 그때의 목적은 유해 외계 생명체의 말살이다. 인간의 힘이나 과학기술로 박멸시킬 수 없는 상대를 없애려고 했던 것이다.

우주를 개척하다 보면 사납고, 덩치 큰 괴물과 조우할 수도 있다. 그런데 이 덩치들은 별로 무섭지 않다.

칼이나 활로 안 되면, 총과 미사일 등을 동원하면 된다. 그래도 안 되면 각종 궁극 마법을 쓰면 모두 죽었다.

문제는 눈에 보이지 않는 바이러스나 박테리아 같은 것들이다. 이밖에 기생체나 기생충 등이 있었다.

모두 소리 없이 접근하여 사망에 이르게 할 수 있다.

눈에 보이지 않으니 약물 등으로 박멸시켰는지 여부를 확인할 수 없다.

처음엔 '씨 오브 파이어(Sea of fire)' 마법을 썼다. 글자 그대로 일정 범위를 불바다로 만드는 것이다.

청색 화염의 온도는 약 2,000℃이다.

참고로, 금속마다 녹아서 액체가 되는 온도가 다르다. 이를 용융점(溶融點)이라고 한다.

납 600°C, 은 1,234°C, 금 1,337°C, 구리 1,357°C, 그리고 철이 1,811℃이다.

다시 말해 쇠까지 녹을 정도로 뜨거운 화염이 바다를 이루는 마법이 바로 '씨 오브 파이어'이다. 그 범위는 반경 10㎞이다. 이것은 11서클 마법이다.

그런데 이 마법으로도 박멸이 안 되는 것들이 있었다.

알다시피 뜨거운 것은 위로 올라간다.

그렇기에 아무리 온도가 높아도 지면 아래 깊숙한 곳에 잠복되어 있는 것들에겐 큰 영향을 끼치지 못하였다.

하여 창안된 것이 바로 퍼펙트 블리자드이다. 차가운 것은 아래로 파고들기 때문이다.

어쨌거나 남극과 북극에 이 마법진을 설치하는 것에는 문제가 있다고 한다.

이상고온으로 인한 해수면 상승을 저지하는 것도 중요하지만 애꿎은 희생자들이 발생할 수 있다는 것이다.

온 세상에 접근하지 말라고 경고를 해도 분명히 청개구리처럼 몰래 접근하려는 바보들이 있을 것이다.

뭐 본인의 의지에 따라 경고를 어긴 것이니 얼어서 죽든지 말든지 상관은 없다. 하지만 이를 꼬투리 삼아 비아냥거리거나 욕하는 것들도 있을 것이다.

그것들까지 모조리 잡아 죽이면 되기는 하는데 음지에 숨어서 하는 짓인지라 발본색원이 쉽지 않다.

이런 불평분자는 세상에 아무런 득(得)도 안 되는 귀찮기만 한 존재이다.

곤충으로 치면 백해무익한 암컷 모기쯤 된다.

한국 사회를 예로 들자면 워베, 일마드, 대갈리아 회원과 음지에 숨어 국론 분열을 획책하던 댓글부대 정도 된다.

아무튼 현수 입장에선 왕국만 괜찮으면 된다. 다른 국가에서 어떤 일이 빚어지든 아무런 상관이 없다.

사실 지구엔 인간의 숫자가 너무 많다. 60억 명이 엊그제 같았는데 이미 70억 명을 넘겼다고 한다.

혹자는 77억 명을 이야기하기도 한다.

이들이 매일매일 배설하는 똥과 오줌의 양이 얼마나 많겠는가! 그리고 끊임없는 호흡으로 이산화탄소를 배출한다.

게다가 매일매일 많은 것들을 소비한다.

이를 생산하는 동안 얼마나 많은 오염물질이 생성되겠는가! 게다가 쓰레기 배출량이 점점 늘고 있다.

이로 인해 청정했던 지구 생태계가 망가져가고 있다.

인간을 제외하면 그 어떤 생명체도 환경을 이렇듯 심하게 훼손하지 않는다. 이쯤 되면 빙하기를 다시 조성시켜 현재의 인류를 멸망시키는 것도 괜찮을 듯싶다.

1998년에 개봉된 '딥 임팩트'라는 영화처럼 거대 혜성과 지구가 충돌케 하면 될 일이다.

처음 얼마간은 그간의 산물로 버틸 수 있겠지만 빙하기가 1,000년쯤 지속되면 결국엔 멸종될 것이다.

그렇다 하더라도 이실리프 왕국과 인접국은 마법과 정령, 그리고 발달된 미래 기술로 충분히 지킬 수 있다.

두터운 가스층 때문에 태양으로부터 오는 빛이 완전히 차단되면 인공태양으로 밝히면 그만이다.

이게 여의치 않으면 다른 행성을 테라포밍한 후 이주했다가 괜찮아진 후에 복귀하면 된다.

이에 필요한 우주 개척선과 이주할 때 사용할 우주 수송선은 아공간에 있고, 공간좌표도 모두 알고 있으니 포탈 마법으로 이동하는 수도 있다.

나머지 국가들이야 어찌 되든 말든 관심 없다.

어쨌거나 엄한 놈들이 뒷구멍에서 욕하는 걸 듣고 싶지는 않다. 하여 남극과 북극에 퍼펙트 블리자드 마법진을 설치하려던 마음을 바로 접은 것이다.

하긴, 모두를 위해 공들여 뭔가를 했는데 칭찬은커녕 욕설만 한다면 누가 뭐를 하고 싶겠는가!

'알았어! 일단은 전기차와 핵융합발전, 그리고 폐자원 재활용에만 신경 써.'

'넵!'

Chapter 03
—
국가연합을 원해요

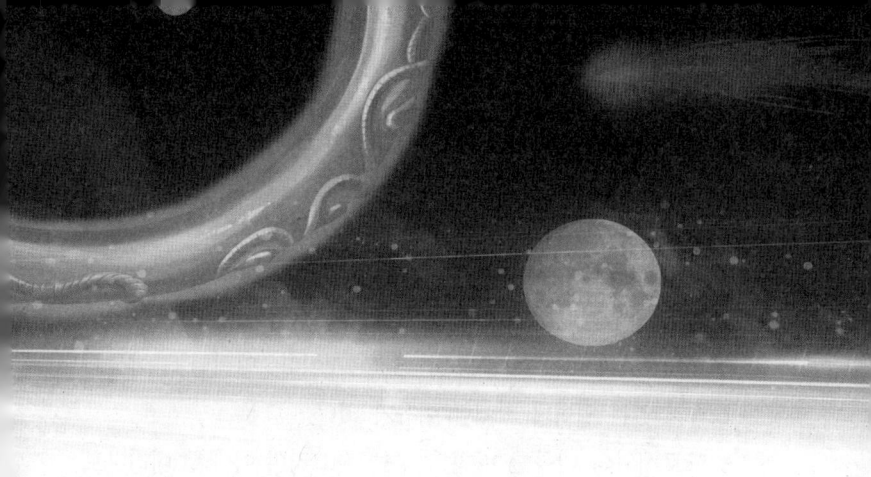

'태평양과 인도양 등에 있는 쓰레기 섬부터 회수해야겠지?'

현재는 아무도 치울 생각을 하지 않는 쓰레기이지만 회수하면 질 좋은 석유가 될 수 있는 자원이다.

바다와 해양생물도 살리는 일이니 선점하라는 것이다.

'네! 지시대로 할게요.'

이 세상 어떤 레이더로도 감지할 수 없는 우주개척선을 보내 빨아들이면 될 일이다.

각각엔 자원 수집을 위해 어마무시한 아공간이 부여되어 있고, 고성능 집게와 강력한 흡입기 등이 있다.

따라서 불과 며칠이면 모든 쓰레기들을 말끔히 수거할 수 있을 것이다.

참고로, 하와이 인근 해상의 북태평양 쓰레기 섬은 그 면적이 대한민국의 15배 정도이다.

대부분이 플라스틱과 비닐이라 이를 정제하여 석유뿐 아니라 다양한 원소들을 얻을 수 있을 것이다. 일석삼조 이상의 효과가 있는 일이니 지체할 이유가 없다.

도로시와의 대화를 마친 현수는 물끄러미 아래를 내려다보았다. 깊은 밤이 되었음에도 사진을 찍으려는 기자와 파파라치들이 군집을 이루고 있다.

'저 사람들은 언제부터 저러고 있는 거야?'

'언제부터긴요. 매일 그랬어요.'

'응? 뭐 건질 게 있다고 저기에 있는 거야? 저기서 아무리 당겨 찍어도 사진이 제대로 안 나오잖아.'

아래에서 찍어봐야 베란다 난간 때문에 상체 일부만 찍히는데 그런 사진을 어디에 쓰겠는가!

'드론 있잖아요.'

'드론……?'

'네, 그걸로 찍으려는 자들이 상당히 많았어요.'

허락받지 않고 슬그머니 누군가의 내밀한 장면을 찍는 것은 결코 권장할 만한 일이 아니다.

'발달된 기술이 꼭 좋은 쪽으로만 쓰이는 건 아니지.'

'네! 그래서 모조리 옥상에 올려뒀어요. 데이터는 모두 삭

제했구요.'

'그래? 잘 했네.'

올리는 족족 떨궈졌으면 보나마나 욕을 할 것이다.

현수 일행이 머무는 룸은 최상층이다. 따라서 갑작스러운 상승기류에 의해 솟구치는 게 전혀 이상하지 않다.

따라서 드론을 잃은 자들은 리모컨이 통제를 잃었다 생각할 것이다. 옥상에 떨어져 보이지 않기 때문이다.

'그래서 촬영에 성공한 건 하나도 없어요.'

'잘 했어. 사생활은 보호되어야지.'

'참, 내일 오전 방문 요청을 한 인사가 있어요.'

'내일 아침? 내가 만나 봐야 할 사람인 거야? 누군데?'

'룬덱 푸렙수렌(Lundeg Purevsuren) 몽골 외교부 장관이에요. 40대 후반이고 다소 통통한 체격이에요.'

'몽골……? 접견 목적은?'

'그 나라는 현재 갑작스러운 지나 멸망으로 인해 상당한 곤란을 겪고 있어요.'

더 이상 지나로부터 물품을 구매하거나 공급받을 수 없기 때문일 것이다.

'그렇겠지.'

'그래서 우리 왕국과의 병합을 꿈꾸는 거 같아요.'

몽골은 지나와 러시아 사이에 끼어 있는 내륙국가로 인구는 적은데 영토는 대단히 넓다.

이 나라는 기후변화의 대표적인 피해국이다. 국토의 78%가 사막화되어 풀이 없어서 가축을 키우기 힘들 정도이다.

이 상태에서 아무것도 없는 땅이라면 별문제 없겠으나 지하자원이 풍부하다는 것이 문제였다.

구리와 석탄 매장량이 세계 2위와 4위이고, 몰리브덴은 11위일 정도로 지하자원이 풍부하다.

첨단산업 소재로 많이 쓰이는 희토류는 전 세계 매장량의 16%가 묻혀 있다.

인근의 욕심 사나운 지나 놈들이 이를 가만히 지켜만 봤겠는가! 이미 상당히 많은 채굴권을 확보하고는 제 마음대로 파헤치던 중이다.

환경보호라는 것은 아예 개념에도 없는 놈들이니 장강이북 전체가 수렁이 되면서 나라 자체가 지리멸렬하지 않았다면 틀림없이 엄청난 재앙을 일으켰을 것이다.

돈이 된다고 하면 언제 어디서든 누구에게나 안면몰수 하는 것이 이 나라 국민들의 종특(種特)이기 때문이다.

돈을 벌 수 있다면 남의 특허를 무단으로 도용하고, 남의 기술을 훔치며, 남의 저작물을 마음대로 베껴 팔고, 마땅히 사용료를 내야 하는 것들도 그냥 몰래 가져다 쓴다.

가짜 명품, 가짜 계란, 가짜 분유, 가짜 쌀, 가짜 오징어, 가짜 고기, 가짜 술 등은 차라리 애교에 속할 지경이다.

머리카락으로 가짜 간장을 만들어 팔고, 하수구에 버려진 기름을 다시 모아 하수구 식용유를 만들어서 팔기도 했다.

지구 생태계를 위해서라도 일찌감치 멸족시켰어야 할 종족임에 분명하다. 그런데 바퀴벌레처럼 새끼를 잘 쳐서 인구를 무지막지하게 늘려 놨다.

이렇게 해서 만들어진 거대 내수시장 덕분에 G2의 지위에 오르기까지 하였다.

만일 이 나라가 미국의 지위에 이르면 지구는 곧바로 멸망행 익스프레스에 탑승하는 것과 같다.

천지사방이 쓰레기이고, 대기는 오염물질로 그득하다. 아울러 무분별하게 자원과 에너지를 낭비한다.

이 과정에서 얻어지는 몇 푼에 희희낙락하면서도 이전투구(泥田鬪狗) 벌일 걸 상상해보면 참으로 한심한 노릇이다.

다행히도 현수가 나서서 깔끔하게 정리하는 중이다.

이미 인구의 절반 이상이 사라졌고, 현재에도 빠르게 감소하는 중이다. 그리고 그 속도는 결코 늦춰지지 않을 것이고 결국엔 멸종하는 대가를 치르게 된다.

특정 유전자를 가지고 있으면 무슨 수를 써도 임신이 되지 않기 때문이다.

세상엔 나쁜 놈들이 많은 나라가 있다.

그렇다 해도 민족 자체가 쓰레기인 것은 아니다. 대부분의 좋음 속에 약간의 나쁜 것들이 섞여 있기 때문이다.

한국도 그중 하나이다.

에이프릴 증후군에 의해 사망했거나 곧 그렇게 될 인원의 총수는 이미 900만 명을 넘겼다.

전체 인구의 약 18%가 나쁜 것에 해당되었던 것이다. 이는 나머지 82%는 평범하거나 괜찮다는 뜻이다.

아마 대부분의 국가들이 이에 해당될 것이다. 그런데 예외인 국가가 있다. 민족 자체에 문제인 경우가 있는 것이다.

양심이라곤 눈을 씻고 찾아보려고 해도 없고, 어디에서나 몹시 시끄러우며, 제대로 씻지 않아 몹시 더럽고, 냄새난다.

게다가 지극히 이기적이고, 몰염치하며, 환경을 마구 오염시키고 있으면서도 반성하거나 미안해하질 않는다.

그러면서 오로지 돈만 좇는다. 돈벌레나 다름없는 것들이다. 이러니 당연히 대대적인 청소로 쓸어내야 한다.

사람들은 잘 모르지만 도로시는 현수의 명에 따라 외부로부터의 구호(救護)를 차단하고 있다.

작년에 있었던 구호선 약탈 및 살인 강간 사건이 잊혀지지 않도록 계속해서 불씨를 지피고 있는 것이다.

구호선 내부에 있던 CCTV에 찍힌 동영상들이 유투브 알고리즘에 의해 계속 노출되고 있다.

이 중엔 도움을 주려고 온 간호사들의 의복을 벗겨 강간한 후 잔인하게 살해하고, 그 살점을 구워먹는 장면이 있다.

그다음엔 구호선 내부의 물품을 차지하려고 아귀다툼을 벌이는 모습도 찍혀 있다.

이를 저지하려는 선원들을 무참히 살해하는 모습도 있는데 이를 보고 누가 돕고 싶은 마음이 들겠는가!

너무 잔인한 장면이 많아 19금 딱지가 붙어 있지만 조회수가 어마어마하다.

그 결과 지나인들의 본성이 세계만방에 알려졌다. 하여 지나인에 대한 차별이 노골적으로 자행되고 있다.

지나 타운은 인적이 끊겼고, 직장에선 지나인 퇴출운동이 진행되고 있다.

한국인 불법체류자들이 색출될 때 코웃음치며 비웃던 것들의 얼굴에 잔뜩 겁이 어려 있다.

돈을 벌 수 없고, 도움 주는 사람이 없다면 굶어죽어야 하기 때문이다. 그렇다 하여 본국으로 돌아갈 수는 없다.

장강 이북은 온통 수렁이고, 이남은 인세에 보기 드물 정도로 끔찍한 장면이 이어지고 있다.

1962년에 개봉된 '몬도가네'는 현대 문명사회의 한복판에서 일어나는 잔혹한 살상과 재난에 초점을 맞춰 '문명 속에 도사린 야만의 얼굴'을 리얼하게 조명한 영화이다.

이보다 더하면 더 했지 결코 덜하지 않을 참상을 지금도 유튜브에서 볼 수 있다.

누가 중계하는 건지는 알 수 없지만 위성을 통해 실시간 상황을 볼 수 있는 것이다.

스트리밍 채널은 매일 촬영장소가 바뀐다.

곤명, 광주, 복주 등 대도시뿐만 아니라 베트남, 라오스, 미얀마와 맞닿은 국경지대 또한 보여준다.

대도시는 이미 아비규환인 곳으로 바뀌었다.

약하면 모든 것을 빼앗긴 뒤 잡아먹히는 상황이다. 서로가 서로를 잡아먹으려 아우성인 것이다.

국경지대에선 어떻게든 나라를 벗어나려 발버둥치고 있다. 야밤에 월경을 시도하지만 일선에 보급된 야간투시경이 있어 여의치 않다. 그러자 단체로 땅굴을 파고 있다.

하지만 성공 가능성은 없다. 도로시가 수시로 그 위치를 통보해주고 있기 때문이다.

아무튼 지나와 국경이 닿은 국가들엔 비상이 걸렸다.

하나라도 월경(越境)에 성공하면 어떤 전염병이, 얼마나 빠르게 번질지 알 수 없는 때문이다.

여름과 가을을 지나는 동안 이질, 콜레라, 장티푸스, 및 노로바이러스, 비브리오 패혈증, 살모넬라 감염증, 로타바이러스가 천지사방을 휩쓸었다.

수인성 전염병에 이어 호흡기 전염병까지 전파되면서 변종의 변종까지 횡행하고 있다.

이외에도 페스트, 천연두, 탄저병, AIDS 등 온갖 전염병이 복합적으로 창궐하고 있다.

당연히 백신은 물론이고, 치료제도 없다.

이밖에 단순한 해열제, 지사제, 항생제, 소독약 등도 모두 소진된 상태라 뭐든 걸리면 시름시름 앓다 죽는다.

언제 잡아먹힐지 모르고, 어떤 병에 걸리든 죽음을 면할 수 없기에 공포가 만연되어 있는 것이다.

한편, 상대적으로 의료 상황이 열악한 베트남, 미얀마, 라오스 등 동남아 국가 병사들은 24시간 경계근무를 하느라 극도의 피로감을 호소하고 있다.

아울러 PTSD 대책 마련을 요구한다.

누구든 국경에 접근하면 남녀노소를 가리지 않고 사살해야 하는 때문이다. 심지어 신생아도 예외는 없다. 아기라 하여 질병에 걸리지 않는 것이 아니기 때문이다.

병사들은 신생아를 안은 여인이 다가오면 엄마도 죽이고, 아기까지 죽이라는 지시를 받는다.

배가 불러 곧 출산을 앞둔 여인도 마찬가지이다.

자국 국민들의 안위를 생각하면 당연히 방아쇠를 당겨야 한다. 하지만 같은 인간으로서 어찌 내키는 일이겠는가!

짐승이라도 새끼를 배었으면 해치지 말라는 말이 있다. 인류의 보편적인 심성인 측은지심을 이야기하는 것이다.

하지만 지나 국경지대에선 해당사항 없는 말이다. 움직이는 것은 모두 살상 대상일 뿐이다.

그 결과 지나의 인구는 지속적으로 감소되고 있다.

행정체계가 완전히 붕괴된 상황이라 정확한 수치 파악은 안 되지만 남은 인원이라고 해봤자 채 5억 명이 못 된다.

이들 중 상당수가 소수민족이다.

처음엔 우왕좌왕하느라 많은 희생이 발생되었는데 현재는 일치단결하여 외부로부터의 공격을 막아내고 있다.

문제는 내부의 제5열이다.

분명 소수민족의 혈통을 이었지만, 완전히 한족화 되어버린 것들이 있다. 일제시대 때 친일 앞잡이 같은 것들이다.

자그마한 이익을 얻고자 불한당들과 내통하는 자들이 있다. 이들에 의해 공동체 내부정보가 외부로 빠져나간다.

\*　　　　\*　　　　\*

이렇게 습격하기 쉬운 시간과 장소 등을 파악한 악적들은 대대적인 약탈을 시작한다.

이를 막아내지 못하면 젊은 여인들은 전부 강간당한 뒤 살해되어 누군가의 식량이 되어 버린다. 남자들은 다음 공격 때 선봉에 서서 고기방패 노릇을 하다 죽는다.

노인들은 요리하고 청소하는 등의 허드렛일을 시킨다.

그런데 죽은 딸이나 며느리, 손주 등의 살을 굽거나 쪄서 만든 음식을 어찌 먹을 수 있겠는가!

그렇기에 대부분 굶주리다 죽는다.

나이 어린 아이들은 미래의 식량으로 억류된다. 그러다 먹을 게 없으면 차례대로 도살되고 있다.

사람이 아니라 거의 도시락 취급이다.

21세기 지구에서 이런 일이 벌어질 것이라 누가 상상이나 했겠는가! 그렇지만 분명한 현실이다.

그래서 지나의 인구는 빠른 속도로 줄고 있다. 안에서 보면 비극이지만, 밖의 시선에선 잘 되어 가는 일이다.

혹자는 어찌 인명을 두고 이런 표현을 하느냐고 하겠지만 한족들이 저질렀던 그간의 작패(作悖)[7]를 상기해 보면 절로 고개가 끄덕여질 것이다.


'몽골 외교장관은 내일 아침 몇 시에 온다고 했어?'

'시각은 폐하께서 정하시면 돼요.'

'그래? 그럼 오전 9시쯤에 오라고 해.'

'넵! 그렇게 전할게요.'

대꾸를 한 도로시는 잠시 말을 멈췄다, 몽골 외교장관 일행에게 메시지를 전달하고 있었던 것이다.

'전했어?'

'네! 내일 오전 9시에 여기 접견실로 오라고 했어요.'

'잘했네. 뭐 다른 건 없지?'

'있어요.'

'뭐지?'

'한국의 각 기업에서 신입 사원을 뽑으려고 준비 중이에요.'

---

[7] 작패(作悖) : 사람으로서 마땅히 하여야 할 도리에 어그러지고 흉악한 짓을 함

'1월 말인데? 벌써 뽑았어야 하는 거 아냐?'

기업의 공채 시즌은 상반기(3~4월)와 하반기(9~10월)이 일반적이기에 한 말이다.

이는 구직자들의 졸업 시점을 배려한 것이다.

2월 졸업과 소위 코스모스 졸업이라고 하는 8월 졸업자에게 지원 자격을 주기 위함인 것이다.

물론 기업 상황에 따라 다른 시기에 뽑기도 한다.

상시채용은 시기와 관계없이 입사지원서를 받아두었다가 우수인력이 눈에 뜨이거나 결원이 발생하면 바로 채용한다.

아무튼 1월말은 조금 애매해서 한 말이다.

'그렇죠! 근데 현재의 대한민국은 수출입은 물론이고, 입출국도 곤란하잖아요.'

천지건설 임직원 일부만 아제르바이잔과 콩고민주공화국을 방문할 수 있을 뿐이다.

'그래. 근데 그거에 뭔 문제 있어?'

'기업에서 신입 사원을 뽑을 이유가 없다는 거죠.'

'상당히 많이 나갔잖아.'

'대신 업무도 상당히 많이 줄었죠. 특히 해외 영업을 맡은 부서는 완전히 개점휴업인 상태예요.'

'흐음! 그건 그렇겠군.'

'그래도 안 뽑을 수는 없어서 뽑으려 하는데 선발기준을 달라고 하네요.'

주주는 자신의 이익을 도모한다. 따라서 신입 사원이 필요 없는데 왜 뽑아서 비용을 지출하느냐고 다그칠 수 있다.

그럼에도 뽑기는 뽑아야 한다. 당장은 필요 없지만 장차 유능한 인재가 될 재목은 선점해야 한다.

아울러 일꾼이 있어야 기업이 성장하기 때문이다.

그런데 기껏 뽑아놨는데 대주주가 내보내라고 하면 곤란하다. 기업 이미지라는 게 있기 때문이다.

그래서 대주주 대리인인 도로시에게 연락했던 것이다.

말을 이렇게 했지만 사실 각 기업에 신입 사원 선발을 늦추라고 지시한 것은 도로시이다.

지난 한 해, 각각의 기업에서 상당히 많은 인원이 빠져나간 것은 분명하다.

친일파의 후손, 정당하지 않은 방법으로 입사한 자, 사회악으로 낙인찍힌 커뮤니티 회원, 심성이 좋지 못한 모사꾼, 부정한 짓을 저지르던 자 등이 대거 퇴사한 결과이다.

이 밖에 본인의 의사에 따른 자발적 퇴사도 상당했다.

에이프릴 증후군으로 인해 갑자기 수출입과 입출국이 통제되자 모든 기업들이 곧 망할 것 같이 흔들렸다.

극심한 불경기가 이어지자 곧 제2의 IMF가 도래할 것이라는 소문이 세간을 휩쓸 때였다.

이때 함께 남아서 난관을 극복할 의사가 없다며 사직서를 제출한 자들이 상당했다.

그러곤 덜 망할 것 같은 기업으로의 이직을 시도하거나 소위 철밥통이라 불리는 공무원을 꿈꾸었다.

타고 있던 배가 갑작스러운 파도를 만나자 난파할 것이라며 쥐고 있던 노를 내던지고 먼저 도망친 이기주의자들이다.

각각의 회사는 회유 대신 흔쾌히 사직서를 접수했고, 곧바로 결재했다. 그러곤 1원 단위까지 계산한 퇴직금을 기꺼이 지불함으로서 인연을 끊었다.

경력직을 상시 모집하던 기업들이 일제히 취업의 문을 닫은 것과 공무원 시험이 잠정적으로 연기되어 졸지에 백수가 되었지만 그건 그들 사정이다.

참고로, 올해에도 공무원은 모집하지 않는다. 시험을 주관하고 연수를 담당할 인원이 너무나 부족한 때문이다.

이기주의자들의 무직 기간이 제법 길어질 모양이다.

아무튼 이들 덕분에 빈자리가 상당히 많아졌다.

윗자리는 내부 승진을 통해 충분히 채울 수 있었다.

그러고 나니 밑이 휑하다. 베테랑은 충분하지만 그들을 보좌하거나 지원할 사원과 대리급이 부족했다.

당연히 신입 사원을 뽑아 충원해야 한다. 그런데 아무나 뽑지 말라는 지시가 있었다.

명문대학 출신이라 하여 모두가 업무능력이 빼어나고, 대인관계가 능란하며, 인간성까지 겸비했다고 할 수는 없다.

오히려 공부만 하느라 기본 상식이 부족하거나, 사회성이 결여된 자들이 많다. 그리고 이기적이거나 독선적이며, 타인에 대한 배려라는 것을 모르는 사람도 많다.

현수는 이런 자들을 결코 좋아하지 않는다. 이걸 알기에 채용을 미루도록 지시했던 것이다.

'내가? 흐음……!'

현수는 잠시 말을 끊었다. 하지만 그 시간은 그리 길지 않았다. 확고부동한 기준점이 있는 때문이다.

'일단 문과보다 이공계를 많이 뽑도록 해.'

'이공계요? 그럼 문과와 이공계의 비율은요?'

'1 : 9 정도면 괜찮을 듯싶어.'

대한민국을 망친 자들 대부분이 문과 출신이다. 이전의 언론계, 법조계, 정계 등엔 이공계가 극소수였다.

'폐하! 각각의 회사엔 문과 출신도 필요해요.'

'알지! 내가 그걸 모르겠어?'

'근데 왜요?'

'이과를 나왔다 하더라도 입사하면 선배 직원 중에 문과 출신이 있잖아. 그들로부터 배우면 돼.'

문과 출신이 필요 없다는 뜻이 아니다.

이과 출신들은 비교적 합리적이다. 그렇다 하여 문과 출신 전부가 불합리한 존재라는 것은 아니다.

문과 쪽보다 조금이라도 더 논리적일 수 있다는 뜻이다.

그러니 업무를 익히다 보면 뭔가 불합리한 것을 발견하게 될 경우 이를 보다 합리적으로 개선시킬 여지가 있다.

'그리고요?'

'모두 입사시험을 치르도록 해. 기본상식과 인간성을 파악할 수 있는 문제를 출제해서 뽑아.'

'예를 들면요?'

'흐음! 윌리엄 셰익스피어의 로미오와 줄리엣 중 누가 더 오래 살았는가를 묻고 그 이유를 쓰도록 해.'

이 작품에서 줄리엣의 나이는 14살이다.

로미오의 나이는 명시적으로 나오지 않지만, 줄리엣보다 많고, 성인은 안 되었을 거라는 것이 정설이다.

따라서 작품을 제대로 읽었다면 '로미오' 라고 써야 한다. 그 이유는 줄리엣보다 나이가 더 많았기 때문이다.

'두 번째 문항은 김유신이 말의 목을 벤 것에 대한 의견을 쓰라고 해.'

*김유신은 한때 천관이라는 여자에 빠져 생활하다가 어머니로부터 꾸중을 듣고 다시는 안 가겠다고 약속했다.*

*그러다 어느 날, 몹시 술에 취해 말에 올랐는데 당도해보니 자주 가던 천관의 집이었다.*

*문득 정신을 차린 김유신은 그곳에서 말의 목을 베었다. 그러곤 열심히 노력하여 뜻을 이뤘다고 전해진다.*

이는 삼국통일을 이룬 김유신에 관해 전해져오는 이야기의 일부이다. 그리고 성공한 사회인이 자서전에 본인의 미담을 쓰는 것처럼 전해지는 말이다.

그런데 말이 대체 무슨 잘못을 하였는가?

말은 주인이 어떤 결심을 했는지 전혀 알 수 없다. 설사 이야기해줬어도 알아듣지 못한다.

길들여진 말은 몰고 가는 사람의 뜻에 따를 뿐이다.

김유신이 심하게 취했다면 특별한 방향 지시를 하지 못했을 것이다. 그렇다 하여 마냥 멈춰 있지는 않았을 것이다.

누구든 올라타면 어디로든 갔기 때문이다. 하여 귀소본능처럼 각인된 늘 가던 곳으로 갔을 뿐이다.

그 결과 목이 베였다.

결론부터 말하자면 말은 아무런 죄가 없음에도 목숨을 잃었다. 술 취한 인간이 본인의 실수를 말에게 떠넘긴 것이다.

그래놓고는 마치 대단히 정당했던 것처럼 강변하는 것은 아닌지에 대한 의견을 듣고자 함이다.

세 번째 문항은 미당 서정주에 관한 물음이다.

한때 국어 교과서에 '국화 옆에서'라는 시가 실렸고, 그의 작품집인 화사집은 시험문제로 많이 출제되곤 했다.

젊은 시절의 서정주는 다쓰시로 시즈오(達城靜雄)로 창씨개명을 했고, 태평양전쟁을 찬양했다.

조선의 청년들에게 징병과 학병의 참여를 독려하는 시와 평론을 썼으며, 다음과 같이 말했다.

*'일본을 위한 전쟁에 나가서 싸우다 죽는 것은 일본 천왕이 반도인에게 부여한 크나큰 영광이다.'*

현재는 친일행위가 드러나 더 이상 교과서에 실리는 영광을 누리지 못하고 있다.

늙은 서정주는 1987년에 군부독재를 하던 전두환의 생일 축하장에서 '전두환 각하 제56회 탄생일에 드리는 송시'를 낭독하기도 했다.

이때 그의 나이 72세였다.

일제가 득세했을 땐 거기에 붙어 알랑거렸고, 신군부가 정권을 잡자 거기에 아부했다.

서정주의 이런 행위에 관한 의견을 물어보라는 것이다.

한편, 충북 태안군에선 원북면 학암포에 미당 서정주의 시비(詩碑) 건립을 추진하고 있다.

1990년에 학암포를 찾아 '학'이라는 시를 쓴 것을 기념하고, 이곳을 관광명소로 만들기 위함이라는 것이 명분이다.

참으로 어이없는 일이다.

세 번째 문항은 이에 대한 의견 청취가 목적이다.

4번 문항은 '카르네아데스의 판자(Plank of Carneades)'에 관한 질문이다.

어떤 배가 난파하였고, A는 한 사람만 겨우 지탱할 만한 부력(浮力)을 지닌 판자에 매달려 있다.

이때, 미처 붙잡을 만한 것을 찾지 못했던 B가 헤엄쳐 와 A가 의지하고 있던 판자를 붙잡았다.

두 사람까지 지탱할 만한 부력이 없던 판자는 이내 가라앉으려 했다. 이에 A는 B를 판자에서 밀어냈고, B는 익사하였다. 목숨을 건진 A는 재판을 받고 무죄판결을 받았다.

현대 형법학에서 '긴급피난'에 관한 예시로 쓰이는 것이다. 이에 대한 의견을 보면 소회(所懷)를 알 수 있다.

참고로, 소회란 평소에 품고 있는 생각을 뜻하는 말이다.

다음은 5번 문항이다.

*제동장치가 망가진 기차가 선로 위를 달리고 있다.*

*그 선로 위에는 5명의 사람이 있어 선로를 바꾸지 않으면 5명이 죽게 되고, 다른 선로로 바꾸면 5명은 살지만 바꾼 선로에 있는 사람 1명이 죽게 된다.*

*당신 앞에는 선로를 바꿀 수 있는 스위치가 있다. 어떤 선택을 할 것이며 그 이유는 무엇인가?*

Chapter 04

나라를 망친 주범

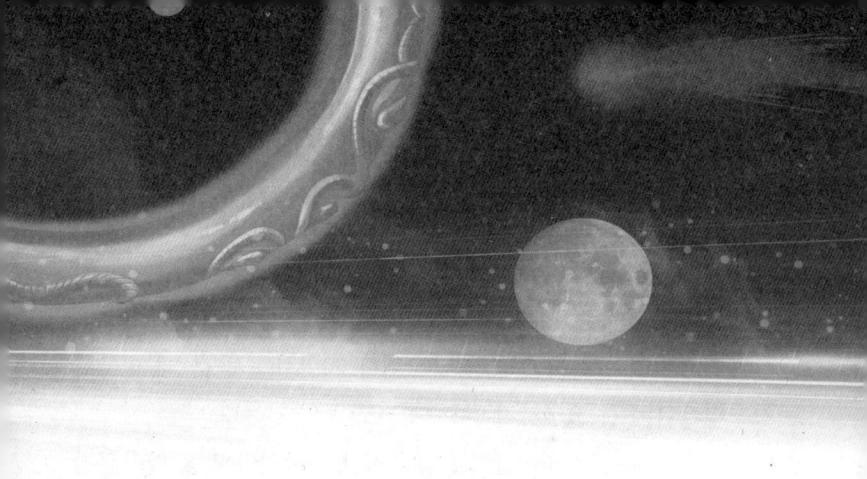

'트롤리 딜레마(Trolley dilemma)'에 관한 질문이다.

한국에도 착한 사마리아인 법이 있다.

자신에게 특별한 부담이나 피해가 오지 않는데도 불구하고 다른 사람의 생명이나 신체에 중대한 위험이 발생하고 있음을 보고도 구조에 나서지 않는 경우에 처벌하는 법이다.

반면, 나쁜 사마리아인 법은 없다.

응급환자를 태운 어떤 구급차를 택시기사가 길을 막고 지나가지 못하게 하여 환자가 사망한 사건이 있다.

이에 국민들은 강력히 처벌하라는 요구를 했다. 그런데 처벌 규정이 없어 그 뜻을 따를 수 없었다.

고작해야 업무방해죄가 전부이다. 하필이면 사설 구급차였는지라 소방법도 적용할 수 없었던 것이다.

6번 문항은 길을 가로막았던 택시기사에게 어떤 처우를 해야 하는지를 묻는 것이 목적이다.

2017년부터 모든 상장사는 입사 지원서를 받을 때 외국어 평가 점수를 요구하지 않고, 평점도 묻지 않는다.

초딩 때부터 영어단어를 외우지만 외국인의 말을 알아듣지 못할 뿐만 아니라 제 뜻을 외국어로 표현하지 못하는 반벙어리가 얼마나 많은가!

그리고 각각의 대학에서 매긴 평점을 참고하는 것은 매우 어리석은 짓이다.

점수 후하게 주는 교수의 4.0보다 매우 엄격하게 평가하는 교수가 준 3.0이 훨씬 더 높은 수준일 수 있기 때문이다.

컨닝으로 얻은 부정한 점수도 있을 수 있으므로 대학의 평가는 참고하지 말라는 것이다.

입사 지원서엔 사진을 붙이지 않는다.

미남미녀라 하여 업무능력이 월등히 뛰어난 것이 아니고, 못생겼다 하여 모두가 미련한 것이 아니다.

아울러 날씬하다고 매사에 민첩한 것이 아니며, 뚱뚱하다고 느려터질 것이란 생각은 하지 말아야 한다.

'또 다른 지침은 없나요?'

'있어! 일단 S대 법학과와 경영학과, 경제학과 출신은 뽑지

마. 아니 아예 S대 출신 문과는 전부 배제시켜.'

'왜요? 최고의 엘리트들이잖아요.'

'공부는 잘했지. 근데 그게 대한민국을 망친 주범들의 출신 학교거든.'

이들의 공통점은 시험 통과를 위한 공부만 해서 시야가 좁다. 그래서 세상을 넓게 보는 혜안이 없다.

아울러 스스로를 엘리트라 여기기에 타인을 낮춰보는 경향이 강하다. 공부 조금 잘했다고 다른 사람들을 무시하는 성품인 것이다.

게다가 본인의 이익을 도모하기 위해 뭉쳐서 뭔가를 도모하려는 습성이 있다. 그게 합법적이지 않고, 반사회적인 경우도 있지만 전혀 개의치 않는다.

내로남불의 전형이기 때문이다. 다시 말해 남이 하면 불법이지만 내가 하면 지극히 합리적인 판단이라 한다.

아주 심각한 착각이고, 이것 때문에 정의가 땅에 떨어졌고, 사회가 엉망이 되어 나라가 곤경에 처하곤 했다.

그때마다 민초들이 나서서 해결되었는데 그마저도 본인들의 역량으로 인한 결과라 착각하는 개새끼들이 많았다.

그렇기에 단 하나도 뽑지 말라고 지시한 것이다.

물론 전부가 그런 건 아니다. 그럼에도 선량한 다른 학생들도 뽑지 말라는 건 근묵자흑(近墨者黑)이기 때문이다.

학교 졸업 후 사회에 진출하면 그때부터 패거리 문화에 젖

어든다. 그러다 보면 서서히 물들기 마련이다.

아무리 싱싱했던 과일이라 할지라도 부패한 것과 같이 두면 똑같이 썩어가고 결코 원상으로 회복되지 않는다.

명문대 출신이라 뛰어난 암기력과 이해력 등을 갖추고 있는데, 이를 음모 꾸미는 데 사용한다고 생각해보자.

똑똑한 놈이 간교한 꾀를 내었는데 누군가 그 덫에 걸리면 어찌 되겠는가!

음모의 희생양은 별다른 죄가 없었음에도 처벌받거나, 막대한 손해를 배상하게 되고, 인생을 종치게 된다.

이를 어찌 좋은 눈으로 바라볼 수 있겠는가!

그를 미연에 차단시키기 위한 가장 간결하면서도 확실한 것은 취업의 문을 완전히 닫아버리라는 것이다.

'아! 네에.'

'Y와 K대 법대도 마찬가지야. 크게 다를 바 없거든. 그리고 지방 국립대 중에서도 개새끼들을 많이 배출한 학과 출신도 영원히 뽑지 마.'

에이프릴 중후군으로 돼진 놈들의 출신 학교와 학과를 가려보라는 뜻이다. 도로시가 어찌 이를 모르겠는가!

'알겠어요. 찾아보고 지시대로 할게요.'

도로시도 충분히 이해된다는 뉘앙스를 풍겼다. 모든 사태의 전말을 누구보다도 확실히 파악하고 있는 때문일 것이다.

'그래도 인간성 괜찮은 재원이 있으면 일단 선별해둬.'

'알겠어요. 잘 살펴볼게요.'

'그리고 여대 출신은 문, 이과 가리지 말고 뽑지 마.'

'네? 그 이유는요?'

'교내 분위기가 반사회적이라서 그래.'

'네? 조금 더 자세히 말씀해주세요.'

'꼴페미[8] 들이 많아서 그래. 근주자적이라는 말 알지?'

'그럼요. 인주 근처에서 있으면 어딘가 붉게 되니 친구를 가려 사귀라는 뜻이잖아요.'

'그래! 근묵자흑도 같은 뜻이지.'

'맞아요!'

'소신 있고, 기개 넘쳤으며, 청렴하고, 양심적이던 자들도 국회에 들어가면 부패했다는 거 알지?'

'네! 얼마 전까지는 그랬죠. 근데 지금은 아니네요. 이번 국회는 사전에 검증된 인재들만……'

'알아, 알아! 내가 그걸 모르겠어? 조선시대부터 이어지던 붕당이 문제라서 법으로 정당 설립을 못 하게 한 결과야.'

붕당(朋黨)이란, 조선 중기에 권력을 잡았던 사림(士林)들이 정치적인 입장이나 학맥에 따라 모여 만든 집단이다.

동인, 서인, 남인, 북인, 노론, 소론 등이 있다.

이들은 자신의 이익을 도모하기 위해 음모, 조작, 날조, 누

---

[8] 꼴페미 : 꼴통스러운 대상에 붙는 접두사 '꼴' 과 페미니즘의 '페미' 를 결합한 신조어. 남성혐오주의, 여성우월주의 사상을 가진 페미니스트가 이에 속한다

명 씌우기, 침소봉대하기 등 파렴치한 일을 서슴지 않았다.

조선시대 중기엔 훈구파와 사림파가 대립한 결과 여러 사화가 발생되었다.

무오, 갑자, 기묘, 을사사화가 대표적이다.

당파끼리 정권을 잡기 위한 투쟁이라 하여도 과언이 아닌데 몰리면 모진 국문을 당해야 하였다.

그때마다 견딜 수 없는 고통을 주어 거짓 자백을 강요했다. 사극에 자주 등장하는 상투적인 대사가 있다.

"네 이놈! 네 죄를 네가 알렷다. 썩 불지 못하겠느냐?"

압슬과 주리를 트는 등 모진 고문을 견디다 못해 목숨을 잃은 사람이 여럿이다.

그중에는 억울한 몰락 또는 죽음이 많았다.

한마디로 표현하자면 개새끼들이 모여서 지들 배불리려는 의도에서 모인 것이 조선시대의 붕당이다.

그리고 몽땅 문과 출신이다.

아무튼 백성이 배를 곯든 어쩌든 무조건 자신의 이익만을 추구했던 개만도 못했던 축생들의 모임인 것이다.

그리고 그 전통은 고스란히 대한민국의 정당으로 이어졌다. 그래서 수많은 음모와 궤계가 횡행했다.

못된 것만 배운 것이다.

김대중 내란음모 조작사건, 서울시 공무원 간첩 조작사건 등이 이에 해당된다. 이 밖에 문인 간첩단 조작사건, 강기훈

유서대필 조작사건, 남북어부 간첩 조작사건 등이 더 있다.

모두 특정 정당에서 지시받아 꾸민 만행들이다.

이를 알기에 정당 설립을 못 하도록 한 것이다. 그리고 그런 일의 주축이었던 대학 출신들을 몰락시킬 생각이다.

신입 사원으로 채용되는 일이 없을 뿐만 아니라 임직원 중 조금이라도 허튼 생각을 품으면 바로 해고 내지 면직이다.

당연히 부당해고 운운하겠지만 소용없다. 아주 치밀하게 증거를 확보하고, 통보할 것이기 때문이다.

이 일은 도로시가 맡는다.

통화뿐만 아니라 익명으로 작성하는 댓글들까지 모조리 들여다본다. 따라서 회사 기밀을 빼돌리거나 횡령 및 유용을 하는 등의 부정행위는 불가능할 것이다.

혹자는 인권탄압이나 독재라는 의견을 내놓을 수 있다. 하지만 썩은 것을 골라내지 않으면 다른 것도 썩을 수 있다.

생태계 보존을 위해서라도 불량한 것은 바로 바로 제거하는 편이 낫다. 일이 생긴 후에 수습하는 것보다는 미연에 방지하는 것이 훨씬 편하고, 경제적인 것이다.

이는 사회정의를 바로 세우는 일이며, 다른 유능한 인재들에게 기회를 제공하는 것이기도 하다.

어쨌거나 그동안 사회에 악영향을 끼치고, 잘못된 관행 등을 만들어냈던 대학 출신들은 모조리 아웃이다.

특히 정치인에겐 가혹한 처벌을 가한다.

새 국회는 이를 법률로 만들었고 국민투표를 통해 확정된다. 다음은 그 내용 중 일부이다.

누구든 정당을 설립하거나 획책하면 재산 몰수 후 국외로 추방하며, 국적을 박탈한다.
이때 나이와 건강상태 등 인도적인 측면은 전혀 고려치 않으며, 최종판결과 동시에 실시된다.
추방될 곳은 본인의 제비뽑기로 결정하는데 한반도로부터 10,000㎞ 이상 이격된 곳으로 한다.
아울러 어떠한 이유로도 입국이 불가하다.
이 법률은 위헌제청[9] 대상에서 제외되며, 국민투표에 의해서만 개정된다. 이 법률의 내용 변경 등은 투표율 70% 이상, 찬성 70% 이상일 때만 가능하다.

누구든 정당 설립을 꿈꾸면 매국노 이상으로 간주하겠다는 뜻이다. 이처럼 강경한 이유는 정당이 끼친 폐해가 너무나 크기 때문이다.
대표적인 폐해로 임진왜란을 꼽을 수 있다.
1590년, 선조는 도요토미 히데요시가 조선 침략을 획책하고 있다는 첩보를 입수하였다.
이에 진위 파악을 위해 서둘러 사절단을 파견했다.

---
9) 위헌제청(違憲提請) : 법률이 헌법규정에 위배되는지 여부를 심판하여 줄 것을 헌법재판소에 확인해라고 신청하는 것

통신사로 일본을 다녀온 황윤길은 '침략 가능성이 매우 높으니 서둘러 전쟁에 대비해야 한다.'고 주장했다.

반면, 부사(副使)로 동행했던 김성일은 전혀 그렇지 않다면서 '서인들이 세력을 잃었기 때문에 인심을 요란(擾亂)시키려는 의도.'라 하였다.

황윤길은 '도요토미 히데요시의 눈빛이 예사롭지 않고 상당히 지략이 뛰어나 보였다.'고 했다.

반면, 김성일은 '히데요시가 쥐와 같은 눈을 가져 전혀 두려워할 만한 인물이 못 된다.'고 아뢰었다.

참고로, 황윤길은 서인(西人) 김성일은 동인(東人)이었고, 두 붕당은 물론이고, 둘의 사이 또한 매우 좋지 못하였다.

이렇듯 상반된 보고로 인해 선조는 전쟁 준비를 지시하지 않았다. 그 결과 한반도는 전란에 휩싸였다.

서애 유성룡의 징비록과 여해 이순신의 난중일기의 내용만 참고해 봐도 조선이 입은 피해는 실로 엄청났다.

함경도 일부를 제외한 국토 전 지역이 황폐화되었고, 인구의 3분의 1이 줄었다.

선량한 백성들이 너무 많이 죽거나 끌려간 것이다.

그러는 동안 소위 문신이라 하는 자들은 임금 곁에 머물면서 자신들의 안위를 챙겼다.

진짜 개만도 못한 새끼들이다.

깡그리 목을 쳐서 짐승들의 먹이로 내던져도 시원치 않을 놈들이었지만 대대손손 양반입네 하고 떵떵거리며 살았다.

아무튼 추방될 곳 제비뽑기 결과는 둘 중 하나이다.

하나는 굶주린 악어와 아나콘다가 우글거리는 아프리카 한복판이다. 이곳에 도착하면 사흘 동안 쇠창살로 만들어진 우리 안에 갇혀 있는다.

아나콘다가 주위를 돌며 혀를 날름거리고, 굶주린 악어가 입맛을 다시는 동안 극도의 공포를 느끼게 될 것이다.

그렇게 72시간이 지나면 쇠창살 우리가 치워진다. 한바탕 먹이 쟁탈전이 벌어지게 될 것이다.

\*     \*     \*

다른 하나는 날카로운 이빨을 가진 피라냐가 서식하는 아마존 강이다. 이곳도 마찬가지이다.

3일간 수면 위 쇠창살 우리에 갇혀 공포에 떨다가 시간이 되면 물속으로 떨어진다. 그러면 채 5분이 지나기도 전에 살점 하나 남기지 못하는 뼛조각 신세가 된다.

당연히 사망과 동시에 영혼 말살이다. 욕심만 많았으니 뭐로든 환생할 기회까지 박탈되는 것이다.

'네, 그건 인정해요.'

'공부만 해서 시야가 좁은 것들은 세상을 넓게 보는 혜안(慧眼)이 없어. 대신 욕심만 많아서 본인들의 이익을 도모하기

위해 뭉쳐서 음모를 꾸미는 경향이 있지.'

'그렇긴 해요. 한국 사회의 아주 심각한 병폐가 그런 자들에 의해 생겨났으니까요.'

'그래서 학연, 지연, 혈연이라는 말이 있는 거야.'

'듣고 보니 그러네요.'

'그러니 방금 말했던 것들은 앞으로도 계속 뽑지 마. 경력사원으로도 채용하지 말고.'

'알겠어요. 여대 출신은 왜요?'

'몰라서 물어? 차별받았다 생각하는 것까지는 괜찮아. 근데 그걸 빌미로 역차별을 요구하는 건 도를 넘는 행위지. 그러니 서류 전형에서 모두 걸러내.'

'……!'

도로시가 뭐라 말하려 할 때 현수의 말이 이어진다.

'다만 여대 졸업 후 남녀공학 대학원을 수료하거나 졸업했다면 기회를 줘. 그래도 성향 파악은 꼭 해. 조금이라도 페미니스트 같다고 생각되면 영구히 채용 금지야.'

'알겠어요. 또 있나요?'

'도로시는 내가 뭘 좋아하는 알지?'

'그럼요! 공정, 공평, 정의, 양심, 화합, 노력이잖아요.'

'그래! 잘 아네. 그러니 당분간은 출신대학 구별하지 말고 내 기준에 따라 채용토록 해.'

'알겠어요.'

방금 언급된 것에 부합되는 인물만 뽑으라는 뜻이다.

Y―아카데미가 졸업생들을 배출하기 시작하면 일반 대학 출신들은 취업하기 어려울 것이다. 대놓고 아카데미 출신에게 입사 가산점을 부여할 것이기 때문이다.

이렇게 되면 학부모들의 지긋지긋한 경쟁심 유발은 수그러들게 될 것이다.

아무리 좋은 대학을 나왔다 하더라도 취직을 하지 못하면 별 볼 일 없어진다.

이전엔 판사, 검사, 변호사, 의사, 변리사 등 소위 사짜 직업이 대우를 받았다면 앞으로는 그럴 일 거의 없다.

판사는 배심원들이 유무죄를 결정하면 법전을 뒤져 정해진 형량을 선고하는 일만 한다.

하한만 있고 상한이 없으니 죄질에 따라 정해진 것 이상은 괜찮지만 법에 정한 형량 이하로 선고하면 본인이 대신 부족한 형기를 채워야 한다.

검사는 권력의 시녀를 자초하였고, 많은 문제를 일으켰다. 하여 수사권이 박탈되었고, 남은 건 기소권뿐이다.

한때 무소불위의 권한을 가진 직책이었지만 일선 주민센터 창구 담당 직원과 전혀 다를 바 없게 되는 것이다.

만일 부당하게 기소유예 또는 불기소 처분을 내리면 무지막지하게 엄중한 처벌을 받게 된다.

공직을 박탈당하는 것은 물론이고, 사회에서 완전히 격리되는 인생만 남게 되는 것이다.

이때의 형량은 50년 이상이다. 남은 인생을 교도소에서 허비하고 싶으면 헛짓거리를 해도 된다.

한편, 변호사들은 악당들을 위한 변론을 거부하거나 자제하게 될 것이다.

증거 조작, 증인 매수, 또는 뇌물 등으로 형량을 줄이려는 시도를 하면 본인이 먼저 교도소에 수감되기 때문이다.

당연히 가중 처벌되고, 면허 박탈이다.

증거조작, 증인매수 등 판결에 영향을 끼칠 부정한 일을 하면 징역 50년 이상이다.

교도소에서 백골이 되고 싶으면 그런 짓을 해도 된다.

직업 잃고 교도소에 갇히고 싶은 변호사는 없을 것이다. 그러니 악당을 위해 불법을 자행할 이유가 없다.

운 좋게 안 잡힐 수 있다는 생각은 버려야 한다. 도로시가 노려보고 있기 때문이다.

어쨌거나 범죄를 저지른 자들이 뻔뻔하게 활보하는 꼴을 두고 볼 수 없어 내린 조치이다.

그래도 변호사를 선임할 권한까지 빼앗지는 않는다. 가진 재산을 탕진시킬 절호의 기회이기 때문이다.

앞으로는 거의 모든 변호사들이 악당들의 선임을 꺼리기에 수임 비용은 결코 저렴하지 않게 된다.

하기 싫은 일을 해야 하니 비싼 수당이 붙는 셈이다.

참고로, 교도소에서 제공될 음식은 맛을 전혀 고려치 않고, 오로지 영양가만 따진다.

생존에 필요한 에너지만 보급하는 차원이기 때문이다.

분명 음식이지만 질긴 비닐이나 빨래 비누를 씹고, 썩은 구정물을 들이켜는 것 같은 느낌일 것이다.

식사는 하루에 두 번만 제공된다.

절대로 살찔 일 없을 정도로 적은 양이다. 이러면 다시 교도소에 수감되는 것을 두려워하게 될 것이다.

맛과 향은 거지같고, 양(量)이 너무 적어서 수감된 내내 굶주림을 처절하게 경험하기 때문이다.

새롭게 제정된 법률 중에는 누범자 가중 처벌에 대한 항목이 있다. 반성 못한 범죄자에게 철퇴를 내리기 위함이다.

*전과 2범 이상이 또 죄를 저지르면 가중 처벌한다.*

*3범이면 선고된 형량×1.5, 4범은 형량×2, 5범은 형량×2.5, 6범은 형량×3을 한다.*

*7범 이상이면 형량×5이다.*

*그러다 10범 이상이면 ×10, 20범 이상은 ×20, 30범 이상은 ×30, 40범 이상은 ×40이다.*

이렇게 되면 전과 50범이니 60범이니 하는 이야기가 나올 수 없다. 징역 1년만 선고 받아도 50년 내지 60년 동안 교도소에 갇혀 있어야 하는 때문이다.

징역 2년이면 100~120년 동안 썩어야 한다.

참고로, 대한민국 최고 전과기록은 전과 95범이다.

업무방해, 주취폭력, 무전취식, 폭행, 상해 등이 쌓이고 쌓여서 형성된 기록이다.

반성의 기미가 보인다 하여 집행유예로 풀어주는 등 계속 솜방망이 처벌만 하니 법을 우습게 알고 계속해서 다른 사람들에게 피해만 입히고 사는 것이다.

사실 죄를 지었으면 반성은 물론이고, 피해자에게 진실된 사과를 하고, 적절한 보상까지 해야 하는 것이 당연하다.

그런데 기존 판사들은 반성문 몇 장 받으면 바로 집행유예를 선고하는 경향이 있다. 본인의 가족이 당해도 그러겠느냐고 물으면 아마 아니라고 할 것이다.

어쨌든 계속해서 죄를 짓고 남들에게 피해 입히는 자를 풀어놓으면 언젠가 또다시 범행을 저지른다.

재산상 피해일 수도 있고, 누군가의 신체에 상해를 입히거나 목숨을 빼앗는 일일 수도 있다.

그런 걸 알면서 왜 풀어주고 또 풀어주는지 이해 못 할 일이다. 이런 자는 영구히 사회와 격리시키는 것이 정의이다.

그래서 판사의 권한도 대폭 축소시킨 것이다.

앞으로는 일반 국민들로 이루어진 배심원들이 유죄를 선고하면 법전에 기록된 대로 형량을 선고한다.

판사 마음대로 무죄판결이나 형량을 줄일 수 없다.

예를 들어 어떤 사람이 강도짓을 했고, 전과 4범이다.

이번에 개정된 내용에 따르면 강도죄는 죄질에 따라 징역 10년 이상이고, 상한(上限)은 없다. 죄질이 지극히 악랄했다면 징역 500년이나 5,000년을 언도해도 된다.

어쨌거나 유죄가 확정되면 최하가 '징역 10년×2.5'인 25년형을 언도해야 한다. 만약 징역 30년이라면 75년 동안 교도소에서 썩어야 한다.

이 정도면 죽어서 나올 확률이 매우 높다.

집행유예, 감형, 가석방이 없으며 수감된 동안 소모되는 각종 물품 등에 대한 대가로 노역을 제공해야 한다.

한편, 사기죄는 강도죄보다 더 강력한 처벌을 받는다.

그래서 아무리 사소한 사기죄라 할지라도 최저 형량이 징역 20년이고, 상한은 없다.

미국처럼 징역 3,000년도 언도될 수 있는 것이다.

어쨌든 최저 형량이 언도되어도 20×2.5를 하면 징역 50년이다. 스무 살에 수감된다면 일흔 살이 되어야 바깥세상을 구경할 수 있는 것이다.

그런데 징역 10년 이상인 범법자가 가게 될 교도소에는 TV 등 재소자를 위한 비품이 없다. 국민들이 낸 세금이 결코 허투루 쓰여서는 안 되기 때문이다.

치약, 칫솔, 비누, 수건 등 각종 소모품은 가장 저렴한 것이

제공된다. 질 좋은 상품을 쓸 자격을 상실한 때문이다.

이 교도소는 사식과 사제물품 반입이 금지되고, 도서는 사전 검열을 통과한 것만 전달된다.

그리고 한 달에 한 권만 가능하기에 제법 두터운 책들만 반입된다. 참고로, 종교 관련 서적은 반입 불가이다.

그래서 수학책이나 영어 문법책 같이 골머리를 아프게 할 것들이 반입된다. 남는 게 시간인지라 무엇이든 해야 하기 때문이다.

변호사 또는 면회객 접견은 월 2회 이하로 제한되는데, 노역에서 제외되는 일이 없도록 새벽 또는 야간에만 허용된다.

겨울철 난방은 얼어 죽지 않을 정도로 유지되지만 여름철엔 아무리 더워도 냉방을 해주지 않는다.

감방이 뭔지를 확실하게 경험하면 다시는 죄를 짓지 않으려 노력할 것이기 때문이다.

그리고 돈이 아무리 많아도, 사회적 지위가 아무리 높았더라도 모두가 100% 똑같은 대접을 받는다.

범털과 개털이라는 용어 자체가 사라지는 것이다. 참고로, '범털'은 돈 많고, 배경 있는 복역수를 이르는 은어이다.

아울러 유전무죄, 무전유죄라는 말도 역사의 뒤안길로 사라진다.

돈이 아무리 많아도 죄를 지었으면 그에 합당한 처벌을 받게 하고, 아무리 가난해도 없는 죄를 뒤집어씌워 억울한 옥살

이를 하는 일이 없는 것이다.

도로시가 그렇게 되도록 놔두지 않을 것이기 때문이다. 진정한 평등이 구현되는 것이다.

교도소에서는 모두 독방에 수감되므로 재소자 간 대화를 할 수 없으며, 대면도 하지 못한다. 안에서 연줄을 만들거나 범죄를 배우는 등을 차단하기 위함이다.

교도관은 재소자와 사적인 대화를 하지 않는다.

규칙에 따른 명령을 내리면 재소자는 이에 따라야 한다. 이러니 말은 해도 대화라 할 수 없다.

따라서 형기 내내 홀로 지내는 것이나 다름없다.

노역은 각기 다른 시간, 다른 장소, 다른 작업을 하게 되기 때문에 실제로 다른 재소자를 만날 확률이 거의 없다.

그러니 형기를 마치고 세상에 나오면 사회에 적응하기 매우 힘들 것이다. 그런데 그걸 배려해줄 이유가 없다.

범죄자의 인권은 형기를 마칠 때까지 보호되지 않는다. 재범을 저지르면 그에 합당한 처벌만 할 뿐이다.

어쨌거나 의사는 미라힐과 치유마법 등이 본격적으로 등장하면 돈 많이 버는 직업에서 빠진다.

심각해 보이는 외상이더라도 미라힐을 처방하면 언제 그랬느냐는 듯 멀쩡해진다. 그리고 당뇨, 고혈압, 암 등 각종 질병을 치료하는 의약품이 조만간 등장하게 되기 때문이다.

이밖에 사짜가 붙은 직업들이 많다.

회계사, 세무사, 법무사, 도선사, 변리사 등이 그런데 거의 모두 지극히 평범해진다.

아무리 명석하다 한들 휴머노이드보다 더 하겠는가! 둘을 비교하면 만월과 반딧불이 정도이다.

특히 이실리프 왕국은 세무사가 아예 필요 없다. 어떠한 명목으로든 세금을 징수하지 않기 때문이다.

'참! 회사들 내부 체질개선은 끝났어?'

'어떤 거 말씀하시는 건지요?'

'먼저 회사 내의 부조리 어떻게 했는지 말해봐.'

'그것도 종류가 많은데요.'

'그래? 그럼 각종 부정이 있잖아.'

'일단 부정한 연장근로는 확실히 체계가 잡혔어요. 발각되면 바로 해고한다고 통보했거든요.'

일부 못된 공무원처럼 하지도 않은 걸 한 것처럼 농간 부려 수당 받아먹던 관행을 잡겠다는 뜻이다.

하여 아주 세밀한 내용을 전 사원에게 통보하였다. 어떻게 하면 해고되는지를 확실하게 알려준 것이다.

Chapter 05

술을 못 마셔!

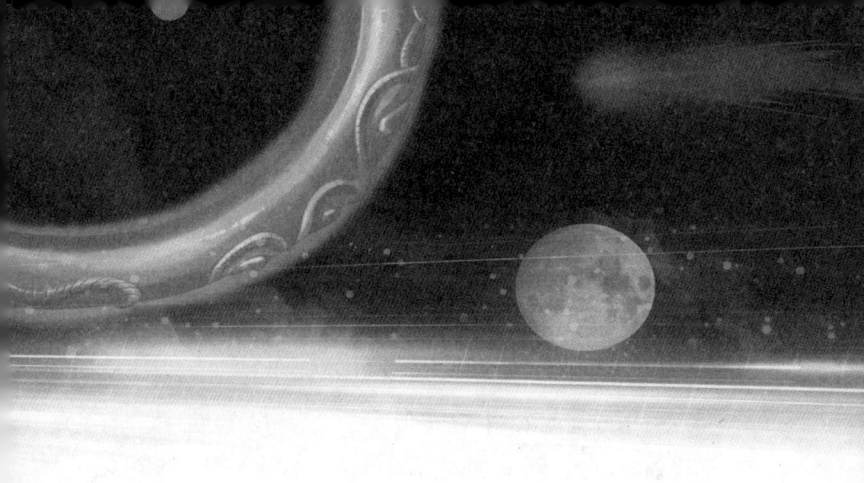

'그래서? 개선되었어?'
'바로는 아니었어요. 그런데 각 회사에서 한두 명씩 해고되니까 그다음부터는 그런 일이 없어지더라구요.'
'그래? 본보기가 되었군. 또 다른 건?'
'업무상 접대에 관한 지침도 내려줬어요.'
'어떻게?'
'일단 음주 접대는 어떠한 경우에도 불가예요.'
'접대 자리에 술이 없다?'
'네! 업무는 맑은 정신에 해야 하니까요.'
'좋은 생각이야. 나도 찬성! 다음은?'

'접대비는 1인당 2만 원 이내만 인정해요.'

'그거를 넘기면?'

'자비 부담이죠. 회사를 위해 본인 돈을 쓰고 싶다면 그러라고 했어요. 그리고 그때에도 음주는 불가예요.'

꼭 술을 마셔야 한다면 전액 본인 부담이다.

'그럼 음주운전이 확 줄겠네.'

'당연하죠! 술을 못 마시게 하라니까 이미 왕창 줄었어요.'

'그래? 다행이네. 근데 꼼수 안 부려? 분명히 부릴 텐데.'

'그래서 세칙(細則)으로 정해줬지요. 모든 접대는 항상 신용카드만 쓰도록요.'

인터넷이 발달하여 어느 음식점이든 메뉴와 가격 확인이 가능하다. 그걸 대조해보면 술이 있었는지 여부를 대번에 파악할 수 있다.

본인과 가족의 신용카드 사용 내역을 모두 들여다보고, 현금이 얼마나 있는지 확인하니 꼼수는 부릴 수 없다.

'공직자 접대는?'

'공무원은 접대 대상이 아니에요.'

'그럼, 정치인들은?'

'정치인도 마찬가지이고 언론인과 법조인도 접대 대상에서 제외되었어요.'

'접대비를 단 한 푼도 인정 안 해준다고?'

'네! 아예 만나지 않아도 된다는 뜻임을 분명히 했어요.'

각각의 회사는 그대로 있지만 주인이 바뀌었다. 기존 사주들은 공직자, 정치인, 언론인 등에게 많은 돈을 뿌렸다.

이렇게 뿌린 뇌물은 불법행위를 눈감아 달라는 뜻과 각종 이권에 개입하여 특혜를 얻으려는 목적이다.

소위 기름칠이라 칭하던 이런 일에는 회사 장부의 돈을 쓸 수 없다. 문제 되면 바로 교도소행이기 때문이다.

하여 은밀한 돈을 만들었다. 바로 비자금이다.

대가리 좋은 놈들이 간교한 꾀를 내어 회삿돈을 빼돌려서 조성한 것이 이것이다.

해외에 만들어놓은 법인에 투자 목적으로 돈을 보낸 뒤 전액 손실 처리 하는 등의 부정한 방법을 썼다.

이렇게 만들어진 뭉칫돈은 불법과 탈법 그리고 부정한 행위를 눈감아주거나 무마해달라는 뜻으로 공무원, 정치인, 법조인, 언론인 등의 주머니로 흘러들었다.

사주 일가의 부당한 축재(蓄財)에도 큰 역할을 했다.

모든 상장사의 주인은 주주이다. 흔히 대기업 회장을 사주라 칭하는데 그들이 주식의 100%를 가진 것은 아니다.

따라서 회사의 주인이라는 뜻인 사주(社主)라는 표현은 상장사에서는 쓰면 안 된다.

참고로, 현수는 Y-그룹의 사주이다. 모든 계열사의 지분 100%를 확실하게 소유하고 있다.

다시 말해 명실상부한 회사의 주인 것이다.

아무튼 상장사에서 거둔 순이익은 주주의 이익이니 비율에 따라 배당함이 옳다. 투자의 결과이기 때문이다.

그런데 회사 돈을 빼돌려 만든 비자금으로 회사의 주식을 회장이나 일가의 명의로 구입하고 했다.

이는 주주들의 것을 도둑질하는 일이다. 그러니 이런 일은 다시는 있어선 안 된다.

어쨌거나 대한민국의 모든 부정부패는 비자금 때문에 일어나는 일이라 해도 과언이 아니었고, 너무 만연했다.

참고로, 만연(蔓延)이란 '식물의 줄기가 널리 뻗는다.' 는 뜻에서 나온 말로 '전염병 같이 나쁜 현상이 널리 퍼지다.' 라는 의미로 사용되는 어휘이다.

현재 모든 상장사의 실질적인 주인은 현수이다. 그리고 현수는 부정부패를 무척이나 싫어한다.

이를 알기에 도로시는 모든 회사로 하여금 준법경영을 지시했다. 어떠한 위법 행위도 하지 말라는 것이다.

그러지 않으면 바로 자리에서 쫓겨날 것이라고 경고하였다. 그런데 이를 우습게 알았던 39명이 있었다.

이들은 현재 자리에서 쫓겨났을 뿐만 아니라 불법행위에 대한 법의 심판을 받을 예정이다.

아울러 회사에 입힌 손해를 배상하게 하여 졸지에 빈민으로 몰락하고 있다. 좋은 말로 할 때 들어먹지 않았으니 주었던 걸 빼앗고, 완전히 거덜 낸 것이다.

이들의 부정행위를 도왔던 회계사 등도 모두 고발 조치되었고, 마찬가지로 손해를 배상하여야 한다.

 유죄 판결이 떨어지면 곧바로 교도소로 갈 것이고, 자격증은 박탈될 예정이다.

 전과자가 되는 것으로도 모자라 직업까지 잃게 되는 것이다.

 현수를 제외한 그 어떤 인간도 아무리 간교한 꾀를 부려봐야 도로시의 손바닥 안이다.

 그 어떤 꼼수에도 넘어가지 않을 뿐만 아니라 그 속에 담긴 속임수까지 모조리 간파(看破)한다.

 전국의 모든 회계사가 머리를 모은다 해도 불과 몇 초만에 교묘히 숨긴 농간을 파악할 수 있는 존재이기 때문이다.

 어쨌거나 일벌백계를 하자 모든 회사 경영진이 준법 경영을 하고 있다. 이러면 공무원, 정치인, 언론인 등을 만나 허리 숙이며 뭔가를 청탁할 이유가 없다.

 굳이 남의 집 귀한 자식들 보내 별것도 아닌 것들에게 굽실거리게 하고, 돈 써가며 접대할 이유가 없는 것이다.

 한국에선 뇌물이 삼국시대 이전부터 이어져 온 일종의 관습 내지 관행으로 여긴다.

 그러니 관계, 정계, 언론계, 법조계, 학계, 군부 등에서 불법인 것을 뻔히 알면서도 흔쾌히 챙겼고, 그에 대한 보답을 했을 것이다.

2017년부터는 국물도 없다.

업무상 접견이 필요하면 관공서의 공개된 장소에서 만나서 용무만 보도록 한다.

일행은 반드시 2명 이상이어야 하고, 매번 동행자가 바뀐다. 서로 짜고 뭔가를 할 수 없도록 하기 위함이다.

다행히 정계, 언론계, 법조계, 군부는 많이 정화된 상태이다. 그런 짓을 했던 놈들 거의 모두가 죽었다.

그럼에도 또 썩을 수는 있겠지만 적어도 현재는 그냥 마셔도 되는 1급수 상태이다.

공무원 사회도 상당히 많이 정화되었다.

그럼에도 아직 1급수는 아니다. 인원이 워낙 많고, 얼마 안 되는 작은 액수는 그냥 넘어간 경우가 많기 때문이다.

하지만 조만간 맑은 물이 될 것이다.

아무리 강한 압력을 가해도 단 한 푼의 뇌물도 없을 것이기 때문이다.

손바닥도 마주쳐야 소리가 나는데 기업 쪽에선 절대로 뭔가를 주지 않는다.

좋은 말을 했는데도 반응이 없거나 무시하면 괘씸해서라도 불이익을 주고 싶은 마음이 들 것이다.

그런데 그러면 곧바로 교도소행이다. 공무상 나눈 대화는 반드시 녹음하여 보고하기 때문이다.

그래서 노골적이든 은밀하든 뇌물을 요구하게 되면 교도소의 문이 활짝 열린다. 전과자에 패가망신은 기본이다.

'잘했네. 다른 건 뭐를 했지?'

'일단 기준에 부합하지 않는 직원들은 다 내보냈어요.'

친일파의 후손, 낙하산 입사자, 부정 청탁 입사자, 능력 이상인 자리에 있는 사주 일가 등을 뜻하는 말이다.

'잘했네. 생산 라인 자동화 진행률은?'

'현재 81.4%인데 곧 100%가 채워질 거예요.'

'겨우 그것 밖에 안 되었어?'

'공장들 짓느라 시간이 많이 걸려서 그래요.'

단기간에 80만 개 이상이 신설되었으니 당연한 일이다.

'좋아! 소부장은?'

'일본에서 수입하던 소재, 부품, 장비의 국산화율은 88.9%예요. 나머지는 다음 달 중에 마쳐질 거예요.'

'일본 꺼 말고는?'

'다른 나라의 것도 거의 비슷해요.'

'예를 들어 반도체 미세공정에 필수적인 극자외선 장비는?'

'노광장비 말씀하시는 거네요. 그건 네덜란드의 ASML에서 제작하는 것보다 더 정밀한 걸 만드는 중이에요.'

참고로, 노광이란 빛으로 웨이퍼의 회로를 새기는 공정을 뜻한다. 이것의 회로가 미세할수록 생산되는 고성능 반도체칩

수가 많아진다.

'그래서 진척률은?'

'96.9% 정도요. 사흘만 지나면 끝나구요.'

도로시가 말하는 노광장비는 ASML과 다른 방식으로 회로를 새긴다. 당연히 현재의 모든 특허로부터 완전히 자유롭다.

수출하려고 마음먹으면 미국도 방해할 수 없다는 뜻이다.

이실리프 왕국에서 사용되는 반도체는 기존 공정과 달리 만능제작기로 생산한다. 수율 100%이고, 성능은 비교하는 것 자체가 바보 같은 일이다.

방금 도로시가 보고한 것은 한국에서 생산하게 될 다운 그레이드 된 반도체 기준으로 이야기한 것이다.

'잘 했네. 일본 쪽은 어때?'

'거긴 완전히 비상사태예요.'

'엥? 비상사태? 뭐, 지진이라도 났어?'

'아뇨. 자민당에 하루라도 몸담았던 것들과 험한 하던 것들이 갑작스러운 뇌사상태로 발견되는 때문이죠. 내각도 절반 이상 사망했어요. 현재까지 21만 7,955명이죠'

대부분 한자리하던 자들이라 최고의 의료 서비스를 제공받았다. 그럼에도 백약이 무효했기에 일본 전역은 만연된 공포 분위기에 잠겨 있다.

어디서든 뇌사자가 발견되었다는 소문이 돌면 그 즉시 반경 200m가 싹 비워진다.

혹시라도 전염될까 싶어서 그런다.

일본인 특유의 호들갑 덕분에 누가, 어디에서, 어떻게 발견되었는지 빠르게 알려진다. 그렇게 되면 뇌사자의 가족은 사회적인 이지메(イジメ)를 당한다.

어디에도 도움을 청할 수 없는 신세가 되는 것이다.

아직 뇌사자의 공통점은 파악되지 않았다. 다양한 사회계층에서 발견되기 때문이다.

'싸가지 없는 총리 놈은?'

'나베요? 그놈은 가장 마지막에 뒈지게 할 거예요.'

'그래서 그냥 놔뒀어?'

'그럴 리가요. 일단 데스봇 레벨3로 투입해서 하루에 한 번 손가락이나 발가락이 잘린 듯한 통증을 느끼는 중이에요.'

인간이 느끼는 고통 순위 2위에 랭크된 것이다. 그래서 하루에 30분씩 비명을 지르고 있다.

언제, 어느 부위에서 그런 끔찍한 통증이 느껴질지는 정해져 있지 않다. 하여 나머지 시간 내내 공포에 절어 있다.

이러니 대중들 앞에 모습을 거의 드러내지 않는다.

겁쟁이로 보이고 싶지 않아서이고, 하필 그때 통증이 엄습하면 꼴사나운 모습을 보일 수도 있는 때문이다.

'잘했네. 근데 좀 약하지 않아?'

'에구, 걱정 마세요. 조금씩 레벨을 높일 거니까요.'

술을 못 마셔! 107

'그래, 그래야지. 그나저나 앞으로 어떻게 하려고?'

'일본이라는 나라의 행정력 등 국가 기강이 완전히 붕괴되는 걸 볼 때쯤 죽게 할 예정이에요.'

'싸가지 없는 놈이니까 절대 편하게 죽게 하지 마.'

'당근이죠. 자살은 못 해요. 차근차근 레벨을 올려서 산 채로 지옥 구경을 톡톡히 한 뒤에야 보낼 거예요.'

'우리 독립군이 당했던 그 어떤 고통보다도 세야 해.'

'당연하죠. 죽도록 몸부림치도록 할게요. 731부대 뺨치고도 남을 정도가 될 거예요.'

현수가 고개를 끄덕인다. 흡족하다는 뜻이다.

'그래! 그나저나 국내 적폐청산 작업은 어떻게 되었어?'

'오늘까지 총 914만 8,745명이 정리되었어요.'

'흐음, 인원이 상당히 많네.'

'친일파와 그 후손과 기레기, 썩어빠진 놈 등도 많았지만 무엇보다 특정 종교 관계자와 광신자가 너무 많아서 그랬어요. 사이비도 굉장히 많았구요.'

과학문명이 발달된 21세기임에도 혹세무민하는 쓰레기들의 세 치 혀에 속거나 세뇌된 자들이 엄청 많았다는 것이다.

\*    \*    \*

'그 종교 청소 진척률은?'

'전용 종교시설은 100% 붕괴되었어요.'

자체 건물을 뜻하는 말이다.

'그랬어? 그거 치우는 작업은?'

'아직 뭉개진 상태이고, 대부분 손도 못 대고 있죠.'

'응? 구조 안 해?'

'그럴 인력도 없지만 민간에서 나서지 못하도록 했어요.'

'그럼 비난할 텐데?'

'매일 수십, 수백 곳에서 동시다발적으로 붕괴되었다는 걸 알기 때문에 뭐라 안 해요.'

완전히 붕괴된 건축물만 무려 2만 4,000여 곳이다.

신고를 받고 매몰자 구출에 나섰던 구조인력들에게도 다른 곳에서 사고가 나면 소식이 전해진다.

하지만 손을 떼고 물러날 수 없다. 혹시 있을지 모를 생존자에겐 시간이 생명이기 때문이다.

그렇다 하여 장비와 인력을 분산시킬 수도 없다. 그러면 양쪽 모두 절망적인 상태가 될 수 있다.

그런데 구조작업이라는 것은 불과 몇 시간 만에 끝나는 일이 아니다. 게다가 욕심 사나운 것들이 지은 건축물이라 하나같이 규모가 크고, 깊은 지하주차장이 있다.

그렇기에 하나당 적어도 몇 날 며칠은 작업해야 한다.

그런데 구조해야 할 현장이 엄청나게 많지만 구조인력이 한정적이다. 하여 초기 붕괴현장 몇몇 곳에서만 작업이 이루어지는데 아직 생존자를 발견하지 못하고 있다.

가급적 사람이 없을 시간에 붕괴시켰고, 벌을 받아야 할 인간이 있었다면 생존 불가능하도록 매몰시킨 때문이다.

게다가 행정력이 전혀 도와주지 못하고 있다.

현장에 나서서 진두지휘를 해야 할 고위직 중 상당수가 에이프릴 증후군으로 목숨을 잃은 것이다.

새 국회가 출범했지만 아직 공무원 조직은 정비되지 않은 상태이다. 인원이 너무 많이 줄어들어 업무가 과중하기에 붕괴현장에 파견할 수도 없다.

이전 같으면 이럴 때 군인들이 동원되었다.

그런데 이번엔 그럴 수 없다. 군납 및 방산비리, 각종 부조리를 저지르던 것들 전부 뒈졌다. 조직 정비 등 뒷수습하기에도 바빠서 외부로 시선을 돌릴 수 없는 상황이다.

예비군 동원도 불가하다.

대부분 민간기업 소속인데 에이프릴 증후군 때문에 인원이 크게 줄어 소집이 여의치 않다.

기업 업무에 큰 지장이 초래되기 때문이다.

게다가 특정 종교에 대한 국민들의 시선이 싸늘한 정도를 넘었다. 혐오스러운 것을 바라보는 정도이다.

그래서 그런지 종교 관련 건축물들이 모조리 붕괴되고 있지만 너무나 고요하다.

이런 와중에 모든 상장사들이 일제히 자체 특별감사를 진행하고 있다. 도로시의 특별 지시였다.

그간 감춰두었던 각종 사내 부조리를 척결하는 것이 이번 감사의 주요 목적이다.

회사 내에서 끼리끼리 뭉쳐서 서로를 견제하는 불필요한 일에 신경 쓰게 되면 업무에 지장이 있다.

같은 회사에 몸담고 있지만 시기와 질투, 그리고 반목과 대립과 같이 마이너스적인 감정만 소모시킬 뿐이다.

교묘한 성추행 내지 성폭력도 발본색원하고 있다. 회사는 일을 하는 곳이지 본인의 욕망을 충족시키는 곳이 아니다.

더더구나 부하 직원이나 동료가 대상이 되어선 안 된다.

아울러 회사 물품이나 돈을 사적인 용도로 사용하는 것도 있어선 안 될 일이다.

일부 직원들은 탕비실에 비치된 각종 차나 믹스커피, 종이컵, 휴지 등과 공용으로 쓰라고 비치한 수건, 비누, 치약, A4용지, 대봉투 및 문구용품 등을 가져간다.

각종 행사에 사용하고 남거나 준비된 기념품 등도 가져가는데 이는 분명한 도둑질이다.

필요하면 당연히 제 돈 주고 사서 써야 하는데 '나 하나쯤이야.' 하는 마음과 '이 정도는 괜찮을 거야.' 라는 마음일 것이다. 그런데 어찌 도둑질을 두고 보겠는가!

하여 이런 부조리들을 일거에 없애기 위한 감사이다.

모두가 한뜻으로 나아가려 해도 경쟁이 치열하다. 국내뿐 아니라 해외까지 생각하면 일치단결만으로도 부족할 수 있다. 그런데 회사를 야금야금 갉아먹고 있는 것이다.

따라서 반드시 없애어져야 할 나쁜 버릇이다. 하여 대대적으로 뒤지고 있는 것이다.

이번 감사에 적발되면 정도에 따른 처벌이 가해진다.

심하면 해고 후 배상을 요구할 것이고, 경미하다 하더라도 엄중한 경고와 더불어 배상과 반성문 제출을 요구할 것이다.

인사고과에 불이익이 가해지는 건 당연한 일이다. 다만, 공개적 비난은 가하지 않는다.

향후 모든 상장사 임직원들은 개개인의 능력과 실적, 그리고 인간관계와 양심을 바탕으로 승진 및 상여금이 책정된다.

이전처럼 세몰이를 시도하거나 파벌을 만들려는 자는 어떻게든 해고시킨다. 당연히 지위고하를 가리지 않는다.

부하 직원의 아이디어나 실적을 가로채는 자는 시말서를 제출받아 회사 로비에 게시한다. 톡톡히 망신을 주어 다시는 그런 일이 일어나지 않도록 하기 위함이다.

인사고과 점수가 낮아지는 건 당연한 일이다.

다른 직원들과 불협화음을 내는 이기주의자나 성격파탄자 등도 결국엔 밀려나게 된다.

겉보기엔 인사과나 사내 비선조직에서 평가하는 것 같겠지만 실상은 전혀 그렇지 않다.

임직원들에게 부여되는 상점 및 벌점은 철저히 도로시가

관장한다. 업무 성과와 대인관계뿐만 아니라 통화내용과 인터넷 게시글이나 댓글들까지 모조리 살펴본다.

따라서 불공평이나 오판은 존재할 수 없다. 하여 향후의 인사는 더 없이 공정해질 예정이다.

어쨌거나 특정종교는 지극히 이기적이었고, 편협했으며, 욕심 사납고, 뻔뻔했으며, 악랄했고, 너무도 비열했다.

신자가 늘어나자 정권 및 사회에 영향력을 행사하려 함을 감추지 않았다. 그러는 과정에서 축재를 서슴지 않았다.

이를 본 수많은 사이비들이 생겨났다. 종교로 장사할 마음을 품은 자들이 나타난 것이다.

일정 수준 이상이 되면 돈을 펑펑 쓸 수 있으며, 여신도의 육체를 마음대로 유린할 수 있기 때문이다.

신을 믿게 하는 데 힘쓰는 게 아니라 본인들 욕망을 채우고, 거들먹거리며, 돈을 벌 목적으로 바뀐 것이다.

이것들은 모두 '세상에 아무런 득도 되지 않는 암적인 존재'이다. 게다가 다른 종교를 존중하기는커녕 배려조차 하지 않던 개싸가지들이다.

하여 언론에서도 구조를 부추기지 않는다.

그럴 인력도 없고, 행정력이 겨우 마비에서 풀려나려는 상황이라는 걸 잘 알기 때문이다.

예전 같으면 쓰레기 언론사들이 나서서 나팔을 불며 물타기에 나섰을 것이다. 그런데 그런 것들은 이미 다 망했고, 기레기들은 한줌 재가 된지 오래이다.

정부에선 민간기업에 구조를 강요하지 못한다. 적지 않은 비용과 많은 시간이 소모되는 일이기 때문이다.

손 큰 독지가가 나타나길 바라겠지만 특정 종교의 폐해가 너무 심해서 그런지 선뜻 나서는 이가 없다.

매몰된 자들은 이미 저승행 특급열차에 올라탔다.

잔해에 깔려 있는 동안 인간이 느낄 수 있는 최고의 고통을 맛보았을 것이다. 그러다 숨이 끊기면 바로 영혼 말살이라는 존재 자체가 없어지는 형벌을 받는다.

'자기 건물은 그렇고, 남의 건물에 세 들어 있던 것은?'

'그건 95.1%가 비워졌어요. 나머지는 보름 안에 끝나요.'

내부 연소로만 끝나는 화재가 발생하거나 요사스러운 원귀가 출현하여 신자들을 공포에 몰아넣자 알아서 비웠다.

나머지는 Y—Property가 재건축을 위해 퇴거해달라는 요구를 했으니 반드시 비워줘야 한다.

'그리고?'

'자칭 성직자라 하던 것들의 99.6%가 지워졌어요.'

'그래? 나머지 0.4%는 뭐지?'

'아무리 털어 봐도 흠이 없어서 일단 보류한 인원이에요.'

'진실 되게 살았다는 뜻이지?'

1,000명 중 겨우 4명만 손가락질당할 일을 하지 않았다. 얼마나 썩어빠졌던 종교란 말인가!

이러니 없애는 것이 너무도 당연하다.
'네! 그렇게 판단했어요.'
'그래? 그렇다면 그들에 대한 처벌은 유보해.'
'관대하신 처분이세요.'
'죄 지은 게 없으면 당연하잖아. 그래도 세를 불리는 짓은 못 하게 해.'
'아마 더 이상 종교활동을 못 할 거예요. 그럴 공간을 구하기도 어렵겠지만 신자들이 전혀 모이지 않을 거니까요.'
'그래? 근데 신자들이 안 모여? 왜?'
'자신들이 믿던 종교의 지도자와 고위직, 그리고 광신자들의 행적이 인터넷에 고스란히 게시된 때문이에요.'
'그랬더니?'
'아주 심한 배신감을 느꼈을 거예요.'
'뭐를 어떻게 했기에 배신감까지 느껴?'
'세 치 혀로 신자들의 재산을 얼마나 갈취했는지, 그걸로 어떻게 사리사욕을 채웠는지, 그리고 몇 명의 여신도를, 언제부터, 어떻게 유린해왔는지 완전히 까발려졌으니까요.'
'나쁜 놈들인 거 분명하지?'
'네! 신(神)을 팔아 장사하던 개싸가지 사기꾼들이에요.'
'싸가지 없는 사기꾼? 흐음, 내 기준 알지?'
'그럼요! 사기꾼을 살인범보다 더 나쁘게 생각하시는 거 잘 알죠. 그래서 죽을 때까지 고통에 몸부림치게 했어요.'

죽은 자들이 겪은 것은 이 세상 어떤 고문으로도 느낄 수 없었을 최고의 고통이었다.

 기원전 6세기에 사용된 사형도구 가운데 '팔라리스의 황소'라 불리던 것이 있다. 전체가 구리로 만들어진 실물 크기의 속이 빈 황소 동상이 그것이다.
 이 황소의 측면에는 사람이 들어갈 만한 구멍이 있는데 밖에서 닫으면 안에서는 절대로 열 수 없다.
 이 안에 사람을 가둬놓고 아래에 불을 피워 산채로 구워지게 하는 사형도구였다.
 이 황소의 콧구멍엔 구멍이 뚫려 있어서 안에서 악을 쓰고 비명을 지르면 황소의 울음 같은 소리가 들렸다고 한다.

 기원전 1046년에 멸망한 은(상)나라의 마지막 왕은 주(紂)이다. 희대의 악녀인 달기(妲己)에게 빠져 불만을 가진 백성들을 잔혹한 방법으로 처형한 것으로 기록되어 있다.
 최대한 고통을 가하려는 목적으로 여러 가지 고문을 가했는데 그중 하나가 포락지형(炮烙之刑)이다.
 먼저 구덩이를 파고 불타는 숯을 반쯤 채워놓는다. 그리곤 기름 바른 구리기둥을 다리처럼 놓아 충분히 달궈지게 한다.
 연후에 그 위를 맨발로 걷게 하는 것이 포락지형이다.
 기록에 의하면 달기는 뜨거운 구리 다리를 건너다 기름에 미끄러져 떨어진 뒤 숯불에 타서 죽는 모습을 보고 손뼉을 치며 기뻐했다고 한다.

둘 다 지독한 뜨거움을 이용한 형벌이다.
에이프릴 증후군은 여기에서 한 발 더 나아간 고통을 줄기차게 선사한다.
온몸이 불에 타는 듯한 통증과 더불어 손가락이나 발가락이 절단되는 아픔까지 동시에 느끼게 하는 것이다.
인간이 느끼는 가장 격한 고통 서열 1위와 2위를 동시에 경험하게 하는 것이다.
통증은 한 번에 약 30분씩 진행되는데 이 시간이 지나면 거짓말처럼 말짱해진다. 그렇지만 안심할 수는 없다.
언제 또다시 그 끔찍한 고통이 엄습할지 모르기 때문이다. 하여 불안과 공포까지 함께 느끼게 된다.
통증이 계속되면 이에 둔감해지기 마련이다.
그런데 휴지기(休止期) 때문인지 목청이 찢어질 것 같은 비명을 지르면서 발버둥 치지 않고는 버틸 수 없다.
매번 다른 곳에서 통증이 느껴지는 때문이기도 하다.
그럴 때마다 눈물, 콧물은 물론이고, 침을 질질 흘리고, 소변까지 지린다. 생 똥 싸는 것은 보너스이다.
본인은 아파 죽을 지경이고, 가족들은 비명과 오물, 그리고 지독한 냄새까지 견뎌야 한다.

술을 못 마셔!

본인은 그간의 잘못에 대한 처벌이고, 가족은 그에 빌붙어 호의호식했던 것에 대한 대가를 치르는 것이다.

그런데 이걸로 끝이 아니다.

Chapter 06

*베푼 만큼 거둔다*

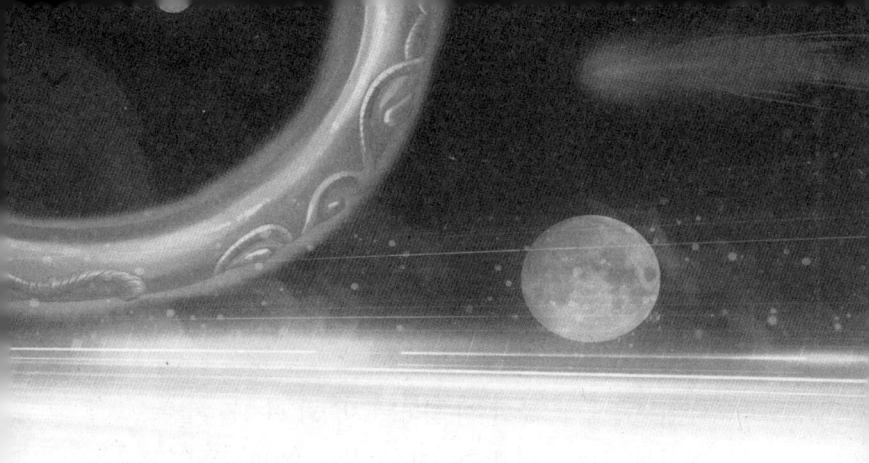

　도로시는 전력을 다해 유족들의 사회진출을 방해할 예정이다. 무슨 수를 쓰더라도 다시는 사회의 주류(主流)가 될 수 없도록 끝없는 나락을 준비하고 있다.

　살아 있는 동안 빈곤을 처절하게 경험하게 될 것이고, Y-그룹에서 베푸는 그 어떤 혜택도 받을 수 없다.

　국가에서 베푸는 것도 마찬가지이다.

　주민등록을 말소시키면 대상자 확인이 불가능하다.

　대한민국의 전자행정시스템은 세계 최고이고, 도로시는 그 분야의 신(神)이다.

　따라서 사망, 실종 내지 국적상실 등으로 기록되게 하는 것은 누워서 떡 먹기보다 쉽다.

어쨌거나 한국의 '주민등록법'은 거주지를 중심으로 한다. 그래서 거주지가 없으면 주민등록이 말소된다.

신분이 확실하다 하더라도 거주지가 없으면 주민등록이 불가능한 것이다.

주민등록에서 '주민'의 의미는 지역의 의미를 가졌다.

따라서 해당 지역에 거주지가 있는 사람만 주민등록을 할 수 있다. 개인의 고유성이 소유물과 다른 사람의 인정이 있어야만 가능하다는 말이다.

그래서 노숙인들이 주민등록법을 최악의 법이라고 하는 것이다. 주민등록이 말소되면 국가가 보장하는 사회보장 혜택을 하나도 누릴 수 없기 때문이다.

건강보험과 국민연금의 대상이 될 수 없고, 여권발급이 불가능하니 해외로 나갈 수도 없다.

주민등록등본과 초본도 발급받을 수 없으므로 기타 행정처리와 사업자등록 등에 여러 불이익이 발생한다.

아울러, 선거가 있어도 투표할 수 없음은 물론이다.

아무튼 2017년 1/4분기가 마쳐질 즈음이 되면 기존 노숙인들은 모두 새로운 거처로 옮길 것이다.

Y—그룹이 적절한 주거와 직장을 제공할 것이기 때문이다. 질병 치료가 시급한 경우엔 의료 혜택도 제공할 예정이다.

개개인이 어떠한 사연으로 사회의 낙오자가 되었든 모두에게 공평히 재기 기회를 부여한다.

하여 당당한 구성원으로 복귀시킬 예정인 것이다.

따라서 주민등록법은 더 이상 기존 노숙인에게 있어 나쁜 법이 아니다.

그럼에도 분명히 기회를 거부하는 노숙인이 있을 수 있는데 그런 경우엔 그대로 낙오시킨다.

혜택을 준다고 해도 싫다는데 어쩌겠는가! 그렇게 살다 뒈지든지 말든지 관심을 갖지 않을 예정이다.

어쨌거나 수시로 주민등록이 말소될 예정인 나쁜 놈의 유족들은 그 불공평을 처절하게 경험하게 될 것이다.

홍수, 산불, 지진, 해일과 같은 재난이 발생하면 십시일반(十匙一飯) 하겠다는 의지로 성금이 모아지곤 했다.

IMF 구제금융 시절엔 아기 돌 반지와 행운의 열쇠 등을 내놓아 함께 어려움을 극복하자는 움직임을 보였다.

그런데 이 행렬에 동참한 것은 거의 모두 서민들이다.

돈이 엄청 많거나, 높은 자리에 있던 자, 전문직 종사자, 고위 정치인 등 소위 사회 주류에 속한다고 하는 것들은 룸살롱에서 모여서 '이대로 영원히'를 외쳤다.

그리고 이들의 금고 속에 모셔진 금덩이들은 금 모으기 운동에 나타나지 않았다.

얼마 지나지 않아 금값은 폭등했고, 보유하고 있던 달러의 가치는 두 배 이상으로 뛰었다. 그리고, 시중은행 예금 이자율은 1년 20%, 3년 65%에 이르렀다.

웬만해선 돈 구경하기 어렵던 시절인지라 제2금융권 등의 이자율을 이보다 훨씬 높았다.

졸지에 대기업 30개 중 17개가 무너졌고, 서울에서만 1,226개 기업이 도산했다.

기록을 살펴보면 1997년 12월, IMF 사태가 시작되기 직전의 국내 실업률은 3.1%였다.

그러다 1998년 1월이 되자 실업률 4.5%가 되었고, 무려 3,300여 개 기업이 망해버렸다.

초단기간에 나라 전체가 쑥대밭이 되어버린 것이다.

다음 달인 2월의 실업률은 8.7%였다.

점입가경이다. 하여 나라 망한다는 것이 피부로 느껴질 정도로 암울했다. 이혼과 자살자가 속출했던 시기이다.

대출이 어려워지자 어려움에 처한 기업들은 망하지 않으려고 보유 부동산을 헐값 매물로 내놓았다.

졸지에 실업자가 된 가장들은 눈물을 머금고 살던 아파트나 빌라 등을 내놓아야 했다.

월급은 나오지 않지만 세금은 꼬박꼬박 내야 했고, 아이들 학비는 지출해야 했다. 아울러 식료품 및 생필품 구입과 재취업을 위한 활동비도 필요했다.

대출이자를 상환하지 못하면 집이 경매에 붙여진다. 그럼 졸지에 알거지 신세가 된다. 그렇기에 눈물을 머금고 보유 부동산을 내놓았던 것이다.

하필이면 수없이 많은 실업자가 생기다 보니 내놓은 게 너무 많아서 가격이 폭락했다. 설상가상이었던 것이다.

이러니 많은 이들이 눈물을 머금어야 했다.

그런데 돈 많던 자들은 이 기회를 틈타 헐값에 부동산을 사들였고, 더 많은 은행 이자를 챙겼다.

그로 인해 단기간에 더 큰 부자가 될 수 있었다.

그럼에도 이들 중 누구 하나 구호나 구휼에 써달라는 거액의 성금을 기탁했다는 소리를 들어본 바 없다.

그들에게 있어 서민들이란 그저 '마음대로 부리는 아랫것 그 이상도 이하도 아닌 존재'였던 것이다.

어떤 재벌 집 자식은 '국민이 미개하다.'라는 개소리를 지껄였다. 가정에서 어떤 교육을 받는지, 그 부모의 가치관이 어떤지 충분히 짐작되는 말이다.

그렇게 인정이라곤 손톱만큼도 없던 것들 거의 전부 에이프릴 증후군으로 목숨을 잃었다.

오로지 내 것만 챙기고, 있을 때 온정의 손길을 베풀지 않았고, 지독히도 인색했던 자들의 최후이다.

그들의 유족은 더불어 잘 먹고 잘살면서 과시하거나 갑질하여 다수에게 불쾌감 내지 모멸감을 느끼게 했다.

따라서 처절한 가난에 시달리더라도 아무도 돕지 않는다는 불만을 가져서는 안 될 것이다.

충분히 베풀 수 있을 때 먼저 손 내민 적 없기 때문이다.

따라서 아무리 어려운 상황에 처해지더라도 누군가의 베풂을 받을 자격이 없다.

'가는 말이 고우면 오는 말도 곱다.'와 '베푼 만큼 거둔다.'는 속담이 있다. 자업자득(自業自得)인 것이다.

이 말을 잘 이해하고 실천했다면 그런 꼴은 당하지 않는다. 다시 말해 나쁜 놈의 유족이지만 평상시 행실이 선(善)했다면 살길을 터준다는 뜻이다.

하지만 다시 사회의 주류에 편입되거나 상류층이 되는 것은 당분간 불가능할 것이다.

중산층으로 올라서는 것도 낙타가 바늘구멍을 지나는 것만큼 매우 어려울 것이기 때문이다.

일단 가장 가난한 극빈층으로 전락하게 된다.

집도 절도 없고, 예금도 없으며, 직장에서 쫓겨나 한동안은 수입도 없을 것이다.

그러다 배가 고프면 평생 단 한 번도 생각해보지 않았던 노가다나 알바 등을 해야 한다. 본인 마음 내키는 대로 쉽게 쉽게 해고했던 비정규직도 그중 하나이다.

그렇게 고생하다 보면 한 단계 위인 차상위 계층이 되기를 간절히 바랄 텐데 그러려면 뼈를 깎는 노력이 요구된다.

너무나 처절하여 눈물이 절로 나올 빈곤의 악순환이 웬만하면 멈추지 않을 여건에 놓이기 때문이다.

돈이 모일만하면 쓸 일이 생기게 한다.

많은 돈이 들어가는 질병에 걸릴 수도 있고, 나날이 쇠약해져서 일을 하지 못하게 되거나, 불법행위가 적발되어 수시로 벌금을 내야 하는 경우도 있다.

그럼에도 금전적이든 마음이든 선한 행위를 지속적으로 하는 사람이 있다면 예외로 인정하여 중산층까지 올라가는 것은 허용할 생각이다.

연꽃은 진흙에서 나왔어도 더러움에 물들지 않고, 고고함을 드러낸다. 그래서 불교의 상징이 되었다.

콩 심은 데 콩 나고, 팥 심은 데 팥 나는 법이지만 부모가 쓰레기였어도 가끔은 심성 좋은 자식이 나올 수 있다.

그러니 제 부모가 무엇을 잘못하며 살았는지를 깨닫고 그 죄를 반성한다면 기꺼이 길을 열어주려는 것이다.

그럼에도 사회 주류가 되는 것만큼은 제지한다.

골수에 사무친 DNA를 결코 무시할 수 없고, 인간의 심성이란 돌변할 수도 있는 때문이다.

그렇게 5세대쯤 지나서 어느 정도 정화되었다 싶으면 그때 가서 제약을 풀어준다. 1세대가 30년이니 적어도 150년은 두고 보겠다는 뜻이다. 이게 당분간이다.

참고로, 연꽃은 피를 맑게 해주는 혈전 용해제의 원료가 되며, 지혈제로도 활용된다.

씨앗인 연자(蓮子)는 만성 장염, 위염, 방광염, 요도염 등 염증성 질병 치료제의 주요성분으로도 사용된다.

연꽃의 꽃말은 '순결, 군자, 신성, 청정'이다. 더러움 속에서도 얼마든지 찬란하게 피어오를 수 있음을 상징한다.

'정·관계의 쓰레기들은 어떻게 되었지?'

'먼저 전·현직 국회의원 중 조금이라도 허튼 짓을 했던 것들은 100% 다 뒈졌어요.'

'잘했네. 장·차관을 역임했던 것들은?

'마찬가지예요. 싹 다 지웠어요.'

'부정부패로 얻은 재물은?'

'그거야 당연히 전부 압수했죠. 유족들이 건질 재산이 없을 만큼 탈탈 털어서 완전히 거덜 냈으니까요.'

뇌물이나 업무상 취득 정보로 번 돈, 그리고 부동산 투기와 그로 인해 발생된 수입은 모두 부당하다 판단한 것이다.

다시 말해 부정한 방법으로 얻은 돈으로 발생된 은행 이자까지 싹 다 거둬들였다.

'오! 그거 마음에 드네. 다음은?'

'공무원 중 부정을 저지르거나 직위를 이용하여 사리사욕을 채운 자들은 96.5%가 치워졌어요.'

'그래? 나머지는?'

'조만간 숟가락 놓을 예정이에요.'

밥 먹을 수 없게 된다는 뜻이니 저세상을 의미한다.

'놈들이 모은 재산도 압수할 거지?'

'에고, 그건 이미 마쳤어요.'

현수는 고개를 끄덕였다. 신속하면서도 단호한 조치가 마음에 든다는 뜻이다.

'좋아! 썩어빠진 법조계는?'

'진척율 97.3%예요. 전직과 현직을 망라하여 판사 83.4%, 검사 90.2%, 변호사 76.8%가 지워졌어요.'

'흐음! 사짜 직업이라 많이 배운 것들일 텐데 인성 올바른 자들이 얼마 없었다는 뜻이네.'

'네! 가장 많이 썩었던 집단이에요.'

'그러니 정권의 시녀가 되어 부정부패나 저질렀지.'

'맞아요! 놈들이 은닉한 재산이 상당히 많았어요. 머리 좋은 놈들이라 여기저기에 잘도 쑤셔 박았더라구요.'

'그래서? 그걸 다 찾아서 압수한 거지?'

'그럼요! 싹 다 거둬들였어요. 액수가 꽤 많은데 어디에 쓸까요?'

'그건 나중에 의논하고 다음으로 가보자. 언론계는?'

'가장 먼저 청소되었지요. 진척율 100%랍니다.'

'그래, 쓰레기나 구더기는 빨리 치우는 게 좋지.'

'전적으로 동의해요.'

'그들이 느낀 고통은?'

'지옥에서도 몸서리 칠 정도였을 거예요.'

'산 채로 지옥을 확실하게 경험한 거지?'

'네, 죽으면 곧바로 영혼이 말살되니 살아 있는 동안 그간의 죄 값을 확실하게 치르도록 했어요.'

'음! 아주 잘한 일이야.'

아무도 부여하지 않은 국민의 알 권리 운운하면서 온갖 개짓거리를 했던 쓰레기다운 최후이다.

'칭찬 고마워요.'

'방산과 군수 비리로 얼룩진 군부는 어떻게 되었어?'

'그것도 100%예요. 국가 예산을 좀먹던 벌레들이라 싸그리 쓸어버렸어요.'

'전직 장성들도 많았지?'

'네! 치우는 김에 그들의 손발 노릇을 하며 입신양명을 꿈꿨던 것들까지 전부 치웠어요.'

\*　　　　\*　　　　\*

'부사관은 없었어?'

'왜 없겠어요. 당연히 있었죠. 하지만 다 지워졌어요.'

'그럼 이제 참 군인들만 남은 건가?'

'그래도 100%는 아니에요. 부정부패와 연루되지는 않았지만, 인간성 별로인 것들이 아직 남아 있으니까요.'

'그럼 어떻게 해야 하는지 알지?'

'당연하죠! 조짐이 보이는 족족 치울게요.'

'좋아. 비리로 얼룩진 사학재단은 어때?'

'관계자들은 몽땅 뒈졌구요. 재단은 재산 몰수, 학교는 문을 닫도록 할 거예요.'

'폐교? 그게 쉽겠어? 교육부가 두고 보겠어?'

'안 되면 되게 하라는 말이 있고, 이번에 얻은 경험도 있어서 가능해요.'

'어떤 경험?'

'한밤중에 학교 건물 전부 붕괴시키면 되잖아요.'

교실이 없으면 수업을 할 수 없다.

궁여지책으로 인근 건물을 임차하여 임시 교사(校舍)로 사용할 방법이 있겠지만 Y-Property가 왜 빌려주겠는가!

수업할 공간을 확보 못 하면 폐교될 수밖에 없다.

'그건 그러네. 그보다 온건한 방법은?'

'현재 국회에서 법률을 손질하는 중이에요.'

'어떻게?'

'사립학교에 국비 지원을 일체 하지 않는 쪽으로요.'

'에? 그럼 등록금이 비싸지지 않겠어? 특히 사립대학.'

'당연히 그러려고 하겠죠. 아마 최소 2배 이상 받아 챙기려고 할 거예요.'

'그래! 그러고도 남겠지.'

현수는 고개를 끄덕였다. 문제가 드러난 일부 사립학교를 보면 전체가 짐작되는 때문이다.

'그것들은 얼마 못 가 문을 닫아야 할 거예요.'
'조만간 문을 닫아야 해? 왜?'
'그야 Y—아카데미가 신입생을 싹 쓸어 갈 거니까요.'
'그렇지! 그래, 말 나온 김에 묻자. 어느 정도 진척되었어?'
'지방 소재 폐교를 사들였고, 리모델링을 마쳐가요. 24시간 작업하고 있으니 2월 중순 안에 끝날 거예요.'
'끝나면?'
'그러는 동안 학생을 모집해야죠. 재학기간 동안의 성취를 평가하여 Y—그룹에 우선 채용될 수 있는 기회를 부여한다고 하면 아마 미어터질 거예요.'

Y—그룹은 국내 어떤 기업보다도 근무여건과 후생복지가 좋으며 급여가 넉넉하다. 주 4일 탄력근무가 도입되어 워라밸의 진정한 탑이라는 평가를 받고 있다.

하여 취업하고 싶은 기업 최상위에 랭크되어 있다.

'교수진은?'
'그래서 말인데 아공간의 휴머노이드를 꺼내셔야겠어요.'
'왜? 마땅한 교수진이 없어?'
'있기는 한데 그 숫자가 너무 적어요. 연구보다는 재물이나 일신의 영달에만 관심 있는 것들이 많거든요.'
'얼마나 필요한데?'
'3만 정도는 있어야 해요.'
'헉! 웬 교수가 그렇게 많이 필요해?'

'염불보다 잿밥에만 관심 있는 것들에게 월급 줘가며 발전을 기대하는 건 결말이 너무 뻔하니까요.'
'그렇긴 하지. 근데 아공간에 얼마나 있지?'
'현재 8만 7,955기가 있어요.'
'그중에서 3만 기가 필요하다고? 당장?'
'아뇨! 일단 1만 기 정도만 꺼내주세요.'
'그럼 나머지는?'
'5~60대는 일부, 3~40대 교수나 강사들 중엔 쓸 만한 사람들이 꽤 있어요.'

나이 들어 타성에 젖어 있거나 부정과 관련 있는 자들은 배제하겠다는 뜻으로 알아들었다.

'그래! 근데 우린 주로 이공계 위주로 교육할 거잖아.'
'그러죠. 문과와 예체능 전공은 거의 안 뽑죠.'
'그런데도 3만 명 정도의 교원이 있어야 한다고?'
'당장은 그래요. 제 판단엔 교수 대 학생 비율을 1 : 5 정도로 유지할 때 가장 효율이 좋으니까요.'

이 정도면 거의 과외 수준이다. 작정하고 이공계를 키우려는 모양이다.

'의대도 뽑나?'
'의학 관련 학과는 있겠지만 의대는 없어요. 이미 많은 의사들이 있고, 조만간 사양산업으로 몰락할 예정이니까요.'

의대 졸업생들은 '피안성 정재영'을 선호한다.

피부과, 안과, 성형외과, 정신건강의학과, 재활의학과, 영상의학과의 이니셜을 딴 말이다.

다음으로 마취통증의학과도 선호한다.

가장 기피하는 전공은 기초의학과 외과계열이다. 힘들고 돈이 안 되기 때문이다.

그런데 조만간 피안성 정재영은 몰락하고. 기초의학과 외과계열 등만 살아남게 된다.

이실리프 왕국에서 어떠한 상처라도 즉시 아물게 하는 미라힐 및 신성한 자비라 이름 붙여진 초강력 진통제 디바인 머시(DM) 등이 공급될 것이기 때문이다.

이 밖에 손상된 피부를 원상 이상으로 회복시키는 각종 화장품도 있고, 잃었던 시력을 되돌리는 안약도 있다.

이 밖에 못생긴 얼굴을 교정하는 특수 장비도 등장한다.

스트레스 등으로 인한 정신적 고통은 바뀌는 사회 환경에 의해 자연적으로 스러지게 된다.

회복 포션이나 마나 포션 등은 기초의학을 급속도로 발달시켜 각종 질병을 사전에 예방하는 것은 물론이고 이미 발생된 질병까지 쾌유케 한다.

결국 남는 것은 이미 망가질 대로 망가진 각종 장기를 인공장기로 교체하는 등 외과계열뿐이다.

심장, 간, 폐, 신장, 췌장, 소장, 대장, 십이지장, 담낭, 위, 안구, 시신경, 청신경 등을 건전지 갈아 끼우게 되는 것이다.

인공장기는 혈액형과 무관하고, 거부반응도 없다. 평생 면역 억제제를 복용하는 불편함을 겪지 않아도 되는 것이다.

이것들의 기능은 가장 건강했던 청소년기에 버금가거나 오히려 더 뛰어나다.

결국 기초의학과 외과계열 및 몇몇 전공을 제외한 나머지는 급격히 쇠락하게 된다.

한편, 과학고는 수학과 과학영재 국가적 양성을 위해 설립된 학교이다.

그런데 의대 입학을 위한 수단으로 악용되어 왔다.

하여 입학생을 뽑을 때 의약계열 지원을 어렵게 하는 입시요강까지 만들어야 했다.

어쨌거나 과학고를 졸업하고 의대로 진학했던 자들은 후회 막심하게 될 것이다. 경쟁이 너무도 치열하여 의사면허를 반납하고 싶게 만들 것이기 때문이다.

그 경쟁에서 이겼더라도 본인과 가족이 예상했던 수입에 훨씬 못 미쳐 회의를 느끼게 된다.

하루에 100명 이상 환자가 드나들던 병·의원에 파리만 날아다닌다. 환자라곤 2~3명이 고작이다.

발달된 인터넷이 굳이 병원을 찾지 않아도 어려움 없이 문제를 해소시킬 사회로 만들기 때문이다.

의료부문 질문을 전문적으로 받고 그에 대한 해결책을 제시하는 것은 Y-Care에서 담당한다.

이는 의대 입학정원 축소로 이어진다. 2017년 현재는 의대 3,118명, 의학전문대학원 218명이다.

이게 2027년이 되면 의대 120명, 의전원 30명으로 크게 감소된다. 기초의학과 외과계열 전공만 살아남기 때문이다.

이렇게 인원이 줄어도 국가 의료에는 큰 지장이 없다.

소위 더블 보드, 또는 트리플 보드라 칭하는 의사들이 많이 생긴다.

기존의 피안성 정재영 및 마취과 등의 전공의들이 외과계열 면허를 따기 위해 자청하여 다시 레지던트 생활을 시작하게 되기 때문이다.

설립 취지에 맞지 않게 의대를 가기 위한 수단으로 쓰였던 과학고는 점차 쇠락한다.

발전시키려는 과학기술 전부를 이미 완벽하게 가지고 있는 때문이다.

반면 Y-아카데미의 인기는 떡상한다.

서로 들어가고 싶어 하는 이유는 졸업 후 Y-그룹사 취업 확률이 매우 높기 때문이다.

졸업 후 연구를 원하면 가장 이상적인 환경을 갖춰주고, 그 결과물에 대해 상당한 권리를 인정해준다.

일본의 마쓰오카 후지오는 1980년 당시 도시바 제조 라인에서 품질향상을 담당하는 중간관리자였다.

그러던 어느 날, 플로피 디스크처럼 자기 테이프로 기억하는 기술을 완전히 치환하는 메모리를 만들고 싶다는 생각을 하게 되었다.

하여 퇴근 후와 휴일을 이용하여 연구에 몰두했고 결국 새로운 것을 발명해냈다.

2종류의 낸드 플래시 메모리(Nand Flash Memory)이다.

전원이 꺼지면 저장된 자료가 사라지는 D램이나 S램과 달리 전원이 없는 상태에서도 저장된 데이터가 그대로 유지되는 메모리의 일종이다.

자동차, 디지털카메라, 컴퓨터 등에 광범위하게 사용되기에 도시바는 이걸로 소위 말하는 떼돈을 벌었다.

그런데 마쓰오카에게 준 돈은 불과 몇 백만 엔이었다. 소형 자동차 한 대 값을 주고 황금알을 낳는 거위를 꿀꺽한 것이다. 그래놓고는 조금도 미안하다는 생각을 하지 않았다.

회사에 환멸을 느낀 마쓰오카는 사표를 내던지고 대학으로 자리를 옮긴 후 소송을 걸었다.

특허에 대한 정당한 대가를 지불하라는 내용이다. 이때의 도시바는 이 특허로 최소 200억 엔을 벌었을 때이다.

소송이 진행되었고, 예상대로 도시바는 여러 이유를 들어 돈을 주지 않으려 했다.

마쓰오카의 발명이 '단순 개량형이고, 문제된 특허로 얻은 이익이 한 푼도 없다.'고 반박했던 것이다.

한마디로 개수작을 부린 것이다.

결국 법원이 나서 화해를 종용하였다. 그 결과 마쓰오카가 받은 금액은 고작 8,700만 엔이다.

그 후로도 도시바는 이 특허로 어마어마한 돈을 벌었다. 그럼에도 마쓰오카에게는 더 이상의 돈을 지불하지 않았다.

일본에선 이런 특허 관련 소송이 더 있었다.

청색 LED를 개발하여 노벨상을 받은 아카사기 이사무는 포상금으로 겨우 2만 엔을 받았었다.

회사가 얻은 막대한 이익에 불만을 품어 소송을 걸었고, 법원은 200억 엔을 지불하라는 판결을 내렸다.

그럼에도 이런저런 핑계를 대며 돈을 주지 않았고, 결국 8억 4,400만 엔에 합의해야 했다.

아지노모토의 인공감미료 제조방법 발명은 1억 5,000만 엔에 화해되었다.

소송을 건 사람은 당연히 최대한 많이 받아내려 했을 것이고, 회사는 가능하면 안 주려고 했을 것이다.

합의에 이르기까지 회사는 각종 압력, 협박 등을 일삼았을 것이 뻔하다. 참으로 후안무치한 도둑놈들이다.

한국이라 하여 어찌 크게 다르겠는가!

발명진흥법 제2조는 직무발명을 정의하고 있다.

'종업원 등이 그 직무에 관하여 발명한 것이 성질상 사용자의 업무 범위에 속하고, 발명을 하게 된 행위가 종업원의 현재 또는 과거의 직무에 속하는 발명이라면 그 특허는 회사 소유' 라는 것이 주된 내용이다.

삼성디스플레이에 재직하는 동안 산화물(옥사이드) 특허를 발명한 임원이 있다.

이와 관련한 매출은 약 1조 9,000억 원이다. 그런데 변변한 보상금조차 지불하지 않았던 모양이다.

그러니 발명자가 직무발명 보상금으로 1,500억 원을 요구한다는 소송을 걸었을 것이다.

이에 법원은 회사 측에 5,717만 원을 지급하라는 명령을 내렸다. 매출액의 0.003%에 불과한 직무발명 보상금을 지급하라는 것이다.

특허 소유권이 회사에게 99.997% 있었다는 것이다.

알다시피 역사는 승자의 시각에서 쓰이고, 법률은 기득권자들에 의해 좌지우지된다.

다시 말해 특허 관련 법률은 힘없는 연구자 입장에서 제정된 것이 아니다. 그리고 법원은 기업 편이다.

그러니 쥐꼬리 끝의 터럭 정도 되는 금액을 주라는 판결이 나온 것이다.

모든 회사가 이러면 어떤 대가리 깨진 미친놈이 회사를 위해 발명하려 아이디어를 내고, 노력하며, 몰두하겠는가!

빼앗긴 특허로 회사가 승승장구하는 모습을 보면 열통 터져 죽을지도 모른다.

월급 몇 푼 주었다는 이유만으로 수백, 수천억 또는 수조

원의 돈을 벌 수 있는 특허권을 그냥 가로채는 것은 강도들도 하지 않을 매우 파렴치한 개짓거리이다.

이런 줄 알면 고쳐야 한다.

Chapter 07

―

우리는 다르다

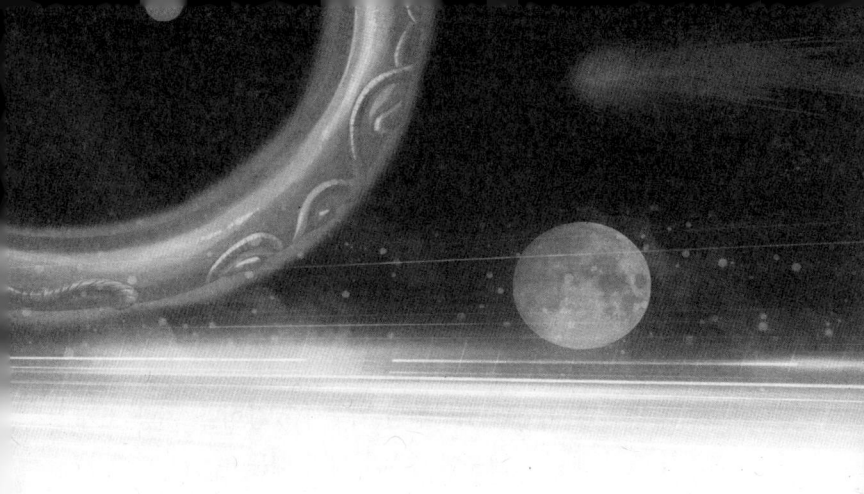

하여 앞으로 한국 상장사들은 직무발명이라 하더라도 임직원의 특허권을 적극적으로 인정해준다.

다만 연구할 여건을 마련해주고, 특허를 낼 때까지 급여를 지불하는 등 기여한 바를 충분히 고려한다.

권리를 인정하기는 하지만 전부를 줄 수는 없다는 뜻이다. 그래서 특허에 관한 권리를 최대 75%까지 인정해준다.

회사에서 지불한 급여, 어떤 장비를 얼마만큼 사용했는지, 연구에 협력한 동료, 회사에 쌓인 데이터 등을 수치화하여 누가 어느 정도를 차지할지 전적으로 도로시가 정한다.

사심이 전혀 없으니 매우 공평할 것이다.

대신 이 특허의 독점적 사용 권한을 회사가 갖는다. 이는 발명자가 퇴직하더라도 바뀌지 않는다.

어쨌거나 제대로 된 발명 하나만으로도 팔자를 고치게 된다. 돈과 명예를 모두 가질 수 있는 것이다. 이렇게 하면 머리를 싸매고 연구하려는 풍토가 마련될 것이다.

어쨌거나 Y—아카데미는 전원 기숙사 생활이다. 지방 소재 폐교를 손본 곳이라 교통이 좋지 못하기 때문이다.

당연히 삼시 세끼 무료이다. 정해진 교복은 없지만, 생활에 편한 평상복이 지급되고, 세탁이 제공된다.

이러면 가정 형편과 무관하게 열심히만 하면 돈을 받으면서 학교를 다닐 수도 있다. 일석삼조 이상이다.

놀지 않고 공부하여 일정 수준 이상인 성취로 졸업하면 직장이 보장되니 굳이 과학고나 외고를 갈 이유가 없다.

참고로, 외고는 과학고보다 훨씬 빠르게 없어질 예정이다. 통역마법이 적용된 통역기가 보급될 것이기 때문이다.

대화를 위한 것, 독해를 위한 것으로 구분된다.

보청기처럼 생긴 것을 귀에 끼우면 외계어라도 한국어로 자동 번역되어 들린다. 상대방도 자국 언어로 들리니 앞으로는 의사소통 때문에 어려움 겪을 일 없다.

안경처럼 생긴 것을 쓰면 영어, 스페인어, 독일어 등 여러 언어뿐만 아니라 고대 아람어도 쓰인 문서라 할지라도 모두 한글로 보이게 된다.

다만 두 가지 언어는 제외이다. 지나어와 일본어이다.

정확도는 현재의 통역 인공지능 따위로는 발끝에도 이르지 못할 만큼 탁월하다. 각각의 언어가 가진 묘한 뉘앙스까지 거의 완벽하게 보정하기 때문이다.

> 얇은 사(紗) 하이얀 고깔은
> 고이 접어서 나빌레라.
> 파르라니 깎은 머리
> 박사(薄紗) 고깔에 감추오고
> 두 볼에 흐르는 빛이
> 정작으로 고와서 서러워라.
> …… \<후략\>

이 세상 어떤 언어로도 이 시가 가진 감성과 염원을 고스란히 옮기기 힘들다.

그런데 번역기가 해낸다. 한국인이 이 시를 읽고 느끼는 것 같은 감성을 최소 90%는 느끼게 해준다.

시가 아닌 일반적인 문서의 번역 정확도는 99.9%이다.

이러면 굳이 외국어를 익히기 위한 노력을 할 이유가 없다. 외국어고등학교의 존재 목적이 사라지는 것이다.

대한민국은 고2가 될 때 문과와 이과로 나눈다.

그런데 문과와 이과로 확연히 구분되는 두뇌는 그리 많지 않다. 웬만큼만 하면 둘 다 적당한 성취를 얻기 때문이다.

아주 많이 노력하면 최상위권도 가능하다.

소위 '창의융합형 인재'라는 말이 있다.

인문학적 상상력과 과학기술에 기반한 창조력을 갖춰 새로운 지식을 창조하고 다양한 지식을 융합하여 새로운 가치를 창출할 수 있는 사람을 뜻하는 말이다.

이는 문과와 이과의 재능을 함께 가졌다는 뜻이다.

그런데 사실 과반 이상이 문 · 이과 통합형 인재가 될 수 있다. 열심히 노력하면 의사 면허를 가진 변호사가 될 수 있는 것이다. 실제로 여러 사람이 존재하고 있다.

대한민국의 교육과정에는 문제가 있다.

고2가 될 때 문과 이과로 확연히 나누는 것이 그것이다. 장래희망이 무엇이냐고 묻고 그걸로 판단하는 경우가 많다.

문과 머리니 이과 머리니 하는 말은 학교 선생이나 학원 강사들이 수학을 잘하는지, 언어 쪽을 조금 더 빨리 익히는지를 보고 하는 말이다.

갓 태어난 아기들은 100% 읽고 쓸 줄 모른다.

아인슈타인, 페르마, 라이프니츠, 폰 노이만, 셰익스피어, 모차르트 같은 천재들도 마찬가지이다.

학교나 학원수업의 질과 양, 그리고 본인의 의지와 교사와 강사에 따라 성취도와 발달과정은 천차만별이 된다.

성장과정에서 무엇을, 얼마만큼, 어떻게 접하고, 얼마나 노력했는지에 따라 저마다의 특장점이 달라지는 것이다.

한국인들은 뛰어난 두뇌를 가진 것으로 알려져 있다. 이를 잘 계발시켜 과학발전에 이바지하게 하여야 한다.

판사, 검사, 변호사, 의사는 국가 발전에 기여하는 바가 그리 크지 않다. 어쩌면 공산품 제조공장에서 일하는 생산직 사원만도 못할 수 있다.

그런데 문과 1등은 판사, 검사, 변호사가 되려고 기를 쓰고, 이과 1등은 거의 모두 의사를 지망한다.

돈과 권력, 그리고 사회적 지위 때문에 그러니 이러한 선입관을 깨부수면 된다.

물론 전부가 그런 것은 아니다.

혹시 그릇된 판결을 내리는 것은 아닐까 싶어 밤새 노심초사하는 판사가 있고, 피의자가 억울한 누명을 쓰지 않도록 꼼꼼히 수사하면서도 인정을 베풀 줄 아는 검사도 있다.

이 밖에 인권을 위해 무보수 변론도 마다하지 않는 훌륭한 변호사들도 여럿 있다.

의사도 마찬가지이다.

돈을 보지 않았기에 남들이 하지 않으려 하는 전공을 선택

했고, 어쩌면 죽을 목숨이었을 환자들을 여럿 살려낸 이◎종 교수 같은 의사도 있다.

대부분의 판사, 검사, 변호사는 평생토록 죄지은 자들을 보면서 살고, 의사는 늘 어딘가 아프다고 인상 찌푸리는 사람들을 대하는 직업이다.

게다가 판사, 검사, 변호사는 부정한 일을 많이 저질렀다.

부정, 부패, 날조, 은폐, 조작, 회유, 협잡, 누명 씌우기 등을 하다 발각되어 지탄의 대상이 된 경우도 많다.

이게 뭐가 좋단 말인가!

앞으론 그런 직업으로 떼돈을 벌 수 없도록 사회 분위기가 바뀌게 된다.

참고로, 네덜란드의 의사 평균 월급은 4,000~19,000유로이다. 대기업 소프트웨어 개발자의 7,000~8,000유로보다 낮은 경우가 훨씬 많다.

이 나라 의사들에게 더 많은 돈을 벌 수 있는 기회를 주면 응하겠느냐고 물으면 다음과 같이 대답한다.

*"저는 돈을 잘 벌기 위해 이 직업을 선택한 것이 아니에요. 단지 돈이 목적이었다면 저는 공대로 갔을 거예요."*

참고로, 네덜란드의 의료시스템은 유럽 1위, 세계 10위권에 속한다. 한국 못지않은 것이다.

아무튼 좋은 머리는 좋은 일을 하는 데 쓰여야 한다.

'내년에 신입생이 더 들어오면?'

'그땐 당연히 더 늘어야 하죠.'

'그럼 내년에도 휴머노이드를 또 내놓으라고?'

'아뇨! 웬만하면 실력은 있지만 기성세대 및 간교한 것들에게 밀린 사람들 중에서 찾아봐야죠. 인재는 많으니까요.'

휴머노이드는 권력을 뒷받침하는 핵심이 되어야 한다.

절대로 허튼짓을 하거나 반항하지 않는다. 충성심은 말할 것도 없고, 그 능력이 결코 인간에 뒤지지 않는다.

오히려 웬만한 천재들보다 훨씬 낫다.

당연히 중요한 일에 쓰여야 한다. 이러니 꺼내놓으라는 소리를 하지 않는 것이다.

'그래? 알았어. 그럼 그렇게 해.'

'넵! 알겠어요.'

'참! 워베, 일마드, 대갈리아 같은 악성 커뮤니티 진성회원들은 어떻게 되었어?'

'걔들은 이미 다 정리되었어요.'

'그랬어? 어떻게 했는데?'

'인간 같지 않은 생각을 여과 없이 싸질러놓은 것에 대한 보복을 가했죠. 친일파 못지않은 고통을 겪었을 거예요.'

'벌써 다 죽은 거야?'

'아뇨! 일부는 죽고 싶어도 그럴 수 없는 상황이에요.'

'왜?'

'아직 치르지 못한 벌이 더 있으니까요.'

인간 이하의 언사에 대한 처벌이 끝날 때까지는 자살조차 할 수 없도록 했다는 뜻이다.

'잘했네. 그럼, 학폭 관련 양아치들은?'

'정도에 따라 손목 또는 발목 인대를 제거했어요. 죄질이 악랄했던 것들은 둘 다 제거했구요.'

다시는 누군가에게 폭력을 휘두를 수 없도록 영구적인 장애를 제공했다는 뜻이다.

이건 병원에서도 원상복구하기 어려울 것이다.

인대를 끊은 게 아니라 전체를 제거해버린 때문이다. 이렇게 되면 인공인대 재건술로도 원상회복이 거의 불가능하다.

'그랬어? 성폭력을 가했거나 성매매를 강요한 것들은?'

'수컷은 물리적으로 거세했구요. 암컷은 수태 불능이 되도록 했어요. 둘 다 데스봇 레벨3가 추가로 투입되었구요.'

악행에 대한 대가로 후세를 볼 기회를 박탈한 것이다. 하긴 이런 것들이 자식을 낳으면 그 자식이 어떻겠는가!

개차반인 부모 밑에서 성장한 아이는 바르게 성장하기 어렵다. 흉악한 범죄자가 될 수도 있고, 남에게 피해만 입히는 진상이 될 수도 있다.

혹자는 이를 귀축(鬼畜)이라 칭하기도 한다.

아귀(餓鬼)와 축생(畜生)을 아우르는 말로 은혜를 모르는 사람을 비유적으로 이르는 말이다. 또는 귀태(鬼胎)라고도 한다. 태어나지 않는 것이 차라리 나았을 사람을 표현하는 것이다. 대한민국 대통령 중에는 이런 귀태가 넷이나 있다.

'좋아! 전문직 성범죄자들은 어떻게 처벌했어?'

2009년부터 2013년까지 5년간 성범죄로 검거된 전문직 종사자는 2,132명으로 파악되어 있다.

검찰과 경찰의 눈을 피했거나 그들과 결탁하여 법망을 빠져나간 미꾸라지들이 얼마나 더 있는지 아무도 모른다.

다만 상당한 숫자일 것이라 짐작만 될 뿐이다.

다음은 경찰청이 국회에 제출한 국정감사 자료이다.

| 1위 | 의 사 | 739명 |
| --- | --- | --- |
| 2위 | 종교인 | 578명 |
| 3위 | 예술인 | 492명 |
| 4위 | 교 수 | 191명 |
| 5위 | 언론인 | 100명 |
| 6위 | 변호사 | 32명 |

이들 모두 성기가 괴사되게 한 후 데스봇을 투여하였다.

그런데 성범죄만 저질렀겠는가! 다른 여러 죄가 중첩되어 있기에 용서 없이 모조리 처단된 것이다.

이외에도 상당수가 휴머노이드들의 방문을 받았다. 앞에 언급된 미꾸라지들이 이에 해당된다.

보고는 안 했지만, 그 숫자가 무려 3만 4,415명이다.

나라가 가난한 게 아니라 도둑놈이 너무 많다고 하더니 그에 못지않게 파렴치한 놈들이 너무 많았다.

앞으로도 추가로 발견되는 즉시 모조리 산 채로 지옥을 경험한다. 성기가 썩어들어 가는 것을 보는 정신적 고통과 참을 수 없는 통증을 겪게 하는 것이다.

'네! 근데 말씀하신 자들 거의 다 이미 사망한 상태예요.'

'그랬군! 잘됐네. 그럼 연예계 관련은 어찌 되었어?'

'성 상납을 제공했거나 요구한 자, 그리고 받은 자들 모두 성기 절단했구요. 데스봇 레벨3를 투여해서 현재까지 88.9%가 사망했어요.'

'잘했네. 근데 연예인들을 실어 나른 운반책이나 나쁜 짓 한다는 걸 알면서도 경비를 선 자들은?'

'관련자 전부 동일한 처벌을 가했어요.'

'그래. 남의 아픔 따위를 아랑곳하지 않는 것들은 그런 대접을 받아도 마땅하지. 근데 희생양이 된 연예인 또는 지망생들은 어떻게 되었어?'

\*　　　　　\*　　　　　\*

'극히 일부만 연예계에 남고 다 떠났어요.'

'그런 꼴을 당하고도 아무런 대가 없이……?'

'환멸을 느낀 듯해요. 그리고 아무런 힘도 없으니까요.'

당사자에게 힘만 있으면 보복 내지 복수를 할 만큼 억울한 일이 많았다는 뉘앙스이다.

그럼에도 현수가 직접적으로 연관된 일이 아니다.

관련자에 대한 처벌은 가해줬지만 보상해줄 명분이 없어 나직한 침음만 냈다.

괜한 오지랖을 부리면 안 된다는 걸 아는 것이다.

'끄응! 그나저나 그랬던 기획사들은?'

'당연히 몽땅 다 문을 닫았죠.'

'엥? 그럼 거기에 있던 직원과 연습생은?'

'다른 기획사로 옮겨갔어요. 아! 일부는 Y─엔터로 왔어요.'

'그래? 그럼 Y─엔터 빌딩에 집이 부족하지 않아?'

Y─엔터는 소속 아티스트와 직원 모두에게 거처를 제공한다. 그러기 위해 건물을 짓고 있을 텐데 여유가 별로 없다고 기억하기에 하는 말이다.

'새로 온 인원은 그리 많지 않아서 괜찮아요.'

'다행이네. 근데 그렇게 옮기고 난 나머지는?'

'그야 뿔뿔이 흩어졌지요.'

'연예계 데뷔 하나만 바라보고 연습했을 텐데 허망하겠네.'

'지난 10년간 총 436개 팀이 데뷔를 했어요.'

'와아! 그렇게 많았어?'

'네! 근데 1년에 고작 1~2팀만 살아남는 게 연예계예요.'

'흐음! 데뷔를 해도 웬만하면 빛을 못 본다는 거지?'

'다이안도 그중 하나였죠. 폐하께서 강제로 역주행시키지 않았다면 지금쯤 카페 등에서 알바하고 있을 거예요.'

말은 이렇게 했지만 더 나쁜 처지에 놓여 있을 수도 있다.

어떻게든 구렁텅이에 빠트려 육체를 유린한 뒤 막대한 이득을 취하려는 짐승들이 많기 때문이다.

'그래! 그럴 수도 있겠네.'

'이번에 재데뷔한 플로렌도 그렇죠. 치졸한 정권과 무능력한 기획사로 인해 피해를 본 케이스잖아요.'

'그렇군. 그나저나 나머지 중 일부는 구제해주는 게 낫지 않겠어?'

'인원이 많기는 했어요. 새로 기획사를 만들까요? 아님 상장된 기획사 규모를 늘리도록 하는 게 나을까요?'

'상장사 우리 지분율 얼마나 되지?'

'그건 전부 95%는 넘죠.'

사실상 대한민국의 연예계를 지배하고 있다는 뜻이다.

'그럼 거기로 분산시켜.'

'알겠어요, 지시대로 할게요. 근데 전부는 아니죠?'

'당연하지. 1년에 1~2팀만 성공한다며. 그러니 정말 재능 있는지 확인해서 기회를 줘.'

'알겠어요. 또 오디션 붐이 불겠네요.'

재능이 있는지 확인해야 하기 때문이다.

'앞으로는 모든 기획사에 성공하지 못했을 때를 대비한 공

부나 기술을 익히게 하는 시스템을 도입하도록 해. 아무것도 없이 그냥 사회로 나가면 곤란하잖아.'

'알겠어요.'

'아무리 재능이 뛰어나도 인간성이 결여되어 있으면 안 뽑아야 하는 거 알지?'

'에고, 그거야 두말하면 숨 가쁘죠.'

'좋아! 음주운전에 관한 법률은 어떻게 되었어?'

지금껏 대한민국의 법원에선 음주운전으로 사고를 낼 경우 심신이 미약했었다는 이유로 낮은 형량을 선고하거나 집행유예로 풀어주었다.

졸지에 유족이 되었는데 제대로 된 처벌조차 하지 않아 가해자가 버젓이 나돌아다닌다면 그 마음이 어떠하겠는가!

하여 가중 처벌을 요구한 바 있다.

'폐하 말씀대로 도로교통법이 개정되었어요.'

새 국회에선 음주운전으로 적발되면 면허 취소 후 영구 취득 금지케 하고 다음과 같이 처벌토록 개정했다.

| 혈중 알콜농도 | 벌금 및 징역형 내용 |
|---|---|
| 0.03~0.1% | 5,000만 원 + 3년 |
| 0.1~0.2% | 1억 원 + 5년 |
| 0.2% 이상 | 3억 원 이상 + 10년 이상 |

벌금을 납부하지 않으면 구금되는데 그에 상응하는 노역을

집행하기 위함이다.

이들의 일당은 무조건 10만 원이다.

성별, 나이, 직업 등과 관계없이 다 똑같다.

임신 중인 여성이거나, 투병 중인 환자, 90살 먹은 노인이라 할지라도 예외는 없다. 지위고하를 막론하고 벌금을 못 내겠다고 하면 예외 없이 구금하겠다는 것이다.

따라서 벌금이 5,000만 원이라면 500일, 3억 원이라면 3,000일간 구금된다. 너무 큰 사고를 내어 벌금 10억 원이 언도되면 구금 10,000일이다. 약 27.4년이다.

이전의 법무부에선 벌금 미납자 사회봉사제도를 고려했다. 교도소나 구치소에 수감되는 사례를 최소화하기 위함이다.

이제 그런 고려는 그냥 구상으로 끝난다. 법을 어겼는데 어찌 거리를 활보케 할 수 있겠는가!

앞으로는 그럴 일 절대 없다.

어쨌거나 무사고 음주운전이 위와 같다.

대물사고를 냈다면 징역형 기간을 '×1.5' 하고, 인사사고였다면 '×2', 둘 다는 합산하도록 한다.

예를 들어, 혈중 알콜 농도 0.09%인 운전자가 전치 2주 이상인 피해를 입히면 벌금은 5,000만 원 그대로인데 형량은 '3년×2'를 하여 6년 형에 처한다.

만일 사망자가 발생되면 1인당 징역 20년이 추가된다.

사고로 한 명이 사망하고, 두 명이 전치 2주 이상인 부상을 입은 경우에는 '20년 + (3년×2) + (3년×2)'를 하여 총 32년 징역형에 처한다.

앞으로는 가석방과 감형, 집행유예가 없으므로 30살에 사고를 냈다면 62살에 출소하게 되는데 이게 끝이 아니다.

사망자 및 부상자에게 응분의 보상을 해줘야 한다. 보험금으로 부족하면 재산이 강제 처분된다.

음주운전의 처벌을 이토록 강화한 것은 다시는 같은 일이 빚어지지 않도록 하기 위함이다. 아울러 피해자에게 합당한 보상이 주어지도록 하려는 것이다.

어쨌거나 이제부터는 음주운전을 하게 되면 완전히 신세를 망칠 수 있게 된다.

교통사고하면 빠질 수 없는 것이 '보험사기' 이다.

아무런 흔적조차 남지 않을 정도로 경미한 충돌인데도 어디가 아프다면서 병원에 입원하여 보험사의 등골을 빼먹고 합의금을 받아 챙기는 꼴을 더 이상 두고 보지 않는다.

현수가 가장 싫어하는 범죄 행위는 사기이다. 그렇기에 보험사기를 행하는 자는 엄벌에 처한다.

직업을 빼앗고, 재산을 모두 탕진하게 만든다. 아울러 모든 불법행위를 일일이 확인하여 100% 처벌받게 만든다.

특별한 이상이 없음에도 병원에 입원하는 자들이 노리는 것은 거액의 합의금이다.

그래 놓고는 수시로 외출 외박을 하거나 음주 가무까지 하는 나이롱환자는 철퇴를 맞는 수준으로 처벌된다.

양심 없는 자들까지 너그럽게 품고 갈 하등의 이유가 없다. 그러니 사회에서 도태시켜 가난 속을 헤매게 만든다.

특정 장소에서 고의로 교통사고를 내는 것들도 마찬가지이다. 달리는 차에 일부러 뛰어드는 교통사고 자해공갈 행위를 하는 자들은 아예 저승으로 보내버린다.

이런 경우 운전자에게 무죄를 선고한다.

이전엔 블랙박스에 찍히지 않는 사각지대를 이용한 보험사기가 많았는데 앞으로는 그럴 일 없다.

가로등 없는 도로, 목격자와 달빛조차 없는 새벽 2시에 일어난 사고라 할지라도 위성에서 낱낱이 들여다보고 있다.

자동차 사고를 시뮬레이션 하여 인체 상해 정도를 예상하는 소프트웨어인 마디모(MADIMO)보다 훨씬 선명하고 정확한 결과를 보여준다.

보험사기를 획책한 자들이 불리함을 느껴 발뺌을 하려고 할 수도 있는데 이는 불가능하다. 위성 및 CCTV에서 얻은 영상을 분석하는 첨단 소프트웨어의 정식 명칭은 CGO이다.

'Can't get out'의 이니셜로 빠져나갈 수 없다는 뜻이다.

어떠한 꼼수를 부리더라도 확연한 증거 앞에선 입을 다물어야 하기에 만들어진 명칭이다.

이를 속어로 '걸돼'라 칭한다. '걸리면 돼진다.'는 뜻이다.

허튼 수작을 부리던 놈들이 어떤 결과는 맞이하는지 알려진 후에 생겨나는 명칭이다.

모든 재산이 거덜 나고, 직업을 잃는다. 그리곤 백수나 백조가 되어 최하층 빈민의 삶을 살게 된다.

이쯤 되면 사회적인 매장을 당하는 것이나 다름없기에 뒈진다는 표현이 등장하는 것이다.

이밖에 무단횡단 사고에 대한 법원 판결 기조가 바뀐다.

도저히 피할 수 없는 사고였다면 적극적으로 무죄판결을 내리게 되는 것이다. 이런 경우 유족을 상대로 차량 수리비 및 정신적 피해 배상을 요구할 수 있다.

어쨌거나 보험사기가 사라지면 대다수 운전자들이 부담하고 있던 비싼 보험료가 확연히 낮아지게 된다.

사고만 나면 큰돈 들어가는 비싼 외제 차량들이 급감하는 것도 한 원인이다. 외제 차가 국산 차보다 가격이 상대적으로 더 많은 때문이다.

그런데 앞으로의 국산 차는 가격만 저렴한 것이 아니다.

연비가 훨씬 좋고, 안전성 및 성능이 고급 외제 차와 대등하거나 오히려 더 좋아진다.

고장 적고, 문제 발생 시 수리비가 훨씬 덜 드는데, 유지비가 왕창 줄고, 매우 안전하다면 어떤 것을 선택하겠는가!

당연히 상대적으로 열등한 외제 차가 급감하는 것이다. 그래도 일정 비율은 유지하게 된다.

품질 좋은 국산 차를 사지 못할 인간들이 있는 때문이다.

특히 일본 차를 보유하고 있거나 보유했던 이력이 있는 자에겐 팔지 않는다. 과거를 잊은 자이니 그에 합당한 대가를 치르게 하려는 의도이다.

어쨌거나 보험사기는 완전히 사라지게 될 것이다.

이전에 전치 24주를 진단받았던 부상이라 하더라도 하루나 이틀이면 완치된다.

미라힐의 보급이 이루어지면 응급실 분위기가 많이 바뀐다. 제 아무리 심한 상처라 하더라도 숨이 끊이지 않았다면 거의 원상으로 회복되기 때문이다.

따라서 교통사고로 인한 부상을 빌미로 큰돈을 뜯어내고 싶어도 그럴 수 없게 되는 것이다.

결정적인 것은 의사들의 제대로 된 진단이다. 경미한 접촉으로는 아예 진단서를 받을 수 없게 된다.

'참! 국내 체류 외국인들은 어떻게 되었어?'

'적법절차를 밟아 입국한 사람 중 행실에 문제없다 판단된 사람을 제외한 나머지는 모두 본국으로 보내고 있어요.'

'보내고 있어? 진척율은?'

'현재 97.4%가 송환되었어요.'

'그래? 그럼 나머지 2.6%는 뭐지?'

'잠적 내지 신분 세탁이 된 것으로 추정돼요. 그래서 추적 중이에요.'

'확인이 안 돼? 그럼 과부하가 걸리는 일 아냐?'

'전혀요! 근데 일부는 범죄 행위에 의해 이미 사망한 것으로 추정되고 있어요.'

'추정? 남의 나라에서 죽었단 말이야?'

'네. 그런 것 같아요. 그렇지 않고야 제 시야를 벗어나기 힘드니까요.'

'그렇겠지. 알았어. 최대한 빨리 보내.'

'네! 그럴게요.'

'Y-그룹 공장들은 어때?'

'어느 공장에 뭐가 궁금하신지요?'

'태양광발전 필름이나 고연비 엔진 같은 거 진행 상황이 어느 정도냐는 거야.'

'외부로 기술이 유출되면 안 되는 거 말씀하시는 거죠?'

개떡같이 말해도 찰떡처럼 알아듣는 모양이다.

'그래. Y-메디슨 포함해서.'

'착착 진행되고 있고요. 자동차 엔진 같은 경우엔 이상 발생 시 통째로 교환해주는 것으로 가닥을 잡았어요.'

태양광 필름이야 각종 첨단기술이 녹아든 것이니 분해를 해도 역설계하는 것이 불가능에 가깝다.

현재의 기술이 아닌 때문이다.

## Chapter 08

## 노벨 평화상

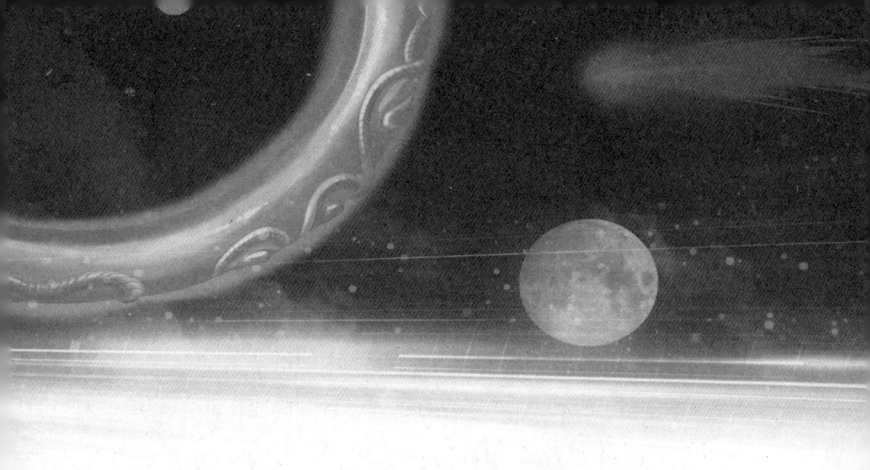

  Y-메디슨에서 생산하기 시작한 안티류머와 안티발드는 이 세상 어느 곳에도 특허 출원을 하지 않는다.

  제아무리 뛰어난 약사나 화학자라 할지라도 똑같은 효과를 내는 제품을 만들어 낼 수 없다. 합성 불가능한 효소도 있지만 일부 공정에 마법처리가 되는 때문이다.

  참고로, 안티류머는 류머티즘 치료제이고, 안티발드는 대머리 치료제이다.

  이들 두 약품뿐만 아니라 차기작으로 준비하고 있는 것들 모두 대한민국 식품의약품안전처에 어떠한 신고도 하지 않고, 시판 허가 신청도 하지 않을 예정이다.

생산은 국내에서 하지만 시판까지 할 것은 아니기 때문이다. 당분간 이실리프 왕국으로 몽땅 가져가게 될 것이다.

그래서 제조되는 대로 창고에 쌓아두고 있다. 건국되면 국민의 건강한 삶을 위해 사용될 물량이다.

그런데 낭중지추(囊中之錐)라는 말이 있다.

'주머니 속의 송곳'을 이르는 말로 가만히 있어도 반드시 뚫고 비어져 나오듯 뛰어난 재능을 가진 사람이라면 남의 눈에 띔을 비유하는 말이다.

Y-메디슨에서 생산하는 의약품이 바로 이러할 것이다. 부작용은 없고, 효능이 확실하니 저절로 입소문이 난다.

물론 아주 좋은 쪽이다.

그래서 그 효과가 널리 알려지면 가장 먼저 인접국에서 수출해달라는 요청을 하게 될 것이다.

그때 남은 물량이 있으면 적당한 가격에 보내겠지만 굳이 나서서 팔려는 노력은 하지 않는다.

아쉬울 것 하나 없기 때문이다.

의약품 승인 및 판매 허가 등은 수입해가는 쪽에서 알아서 해야 한다. 이는 한국도 마찬가지이다.

식약처 등 관계기관에 아쉬운 소리를 할 생각 전혀 없다. 스스로 알아서 분석하여 승인을 하든 말든 신경 안 쓴다.

그래서 Y-메디슨은 제품에 대한 어떠한 보증도 하지 않는다. 쓰고 싶으면 알아서 해결하라는 것이다.

만일 부작용이 발생했다는 헛소리를 하면 그 근본까지 파헤쳐 톡톡히 망신을 주거나, 완전히 거덜 낸다.

2,000년 이상 사용되는 동안 효능이 완벽하게 검증되었고, 부작용은 전혀 보고된 바 없는 것이다.

더 이상의 개선 여지가 없는 최종 버전인지라 임상시험 없이 공급해도 전혀 이상이 없다.

그럼에도 부작용 운운하면 뭔가 다른 속내가 있다는 뜻이다. 그러니 이를 낱낱이 밝혀 사회생활하기 어렵게 만든다.

아울러 영구히 Y-그룹에서 생산되는 제품을 구매하지 못하도록 제한을 건다.

양심 없는 것들에겐 혜택을 주지 않는 것이 원칙이다.

아울러 모든 상장사에 취업할 수 없게 하고, Y-그룹엔 발도 못 들여놓게 한다.

은혜는 2배, 원한은 100배로 되갚는 것이 이실리프 왕국의 모토이니 당연한 일이다.

어쨌거나 Y-메디슨에서 생산하는 모든 의약품은 복제가 불가능하다. 그러니 크게 신경 쓰지 않아도 된다.

문제는 자동차 엔진과 미션이다.

분해해보면 어떤 원리가 어떻게 작용하여 고연비가 되는지 알 수 있어야 한다. 그런데 똑같이 제작해도 그런 효율이 발생되지 않는다.

첨단기술도 녹아 있지만 내부에 새겨진 정화 및 증폭 마법진 등이 주요역할을 하기 때문이다.

이쯤 되면 뭔가 이상하다는 생각을 하게 된다. 하여 엔진과 미션은 분해 불가능하게 제작하여 출고한다.

특히 엔진은 오일과 점화플러그 정도만 교환 가능하다. 미션은 아예 교환이 필요 없는 모델로 출시된다.

고장 나면 통째로 교환해주는데 아마 그럴 일 거의 없을 것이다. 품질 및 성능이 확인된 것이기 때문이다.

'조만간 입출국 및 수출입 제한이 해제될 거야. 그때를 대비한 준비 잘해둬.'

마법진이 적용되지 않는 제품들은 주의해야 한다.

분해해보면 어떤 원리인지 대충 감 잡을 수 있다. 이렇게 되면 빠른 속도로 기술이 따라잡힐 확률이 발생된다.

한국이 일본의 가전제품과 반도체를 추월했던 방법이고, 지나가 미국과 러시아의 첨단기술을 절도했던 방법이다.

그러니 기술 유출에 유의하라는 뜻이다.

'물론이에요. 걱정 마세요.'

도로시가 이렇게 대답했으면 더 이상 신경 쓰지 않아도 된다. 현수가 보안에 대해 얼마나 철두철미함을 요구하는지 너무도 잘 알기 때문이다.

그래도 다시 한번 주의를 환기시킬 필요는 있다.

'에너지효율 1등급 같이 고효율 제품들은 당분간 수출 안해야 되는 거 알지?'

냉장고, 에어컨, 식기세척기, 세탁기, 건조기, TV, 전자레인지, 전기압력밥솥 등 각종 가전제품은 에너지효율 등급이란 걸 표시하게 되어 있다.

기계가 소비한 에너지에 비하여 실질적인 유효 에너지가 얼마나 되는가를 나타내는 등급이 그것이다.

1~5등급으로 나누도록 되어 있는데, 1등급은 5등급보다 에너지가 30~40% 적게 든다.

그래서 전기요금이 절감되고, 환경에도 도움이 된다.

얼마 전 대한민국의 가전제품 메이커들은 일제히 생산라인을 손봤다. 에너지효율 등급을 올리기 위한 조치이다.

그 결과 3~4등급이었던 에어컨이나 식기세척기 등의 효율이 모두 1등급으로 개선되었다.

더 이상의 등급이 없어 1등급이라 하는 거지 실제로는 이보다 효율이 좋다.

정부에서 정한 기준보다 훨씬 더 뛰어나다는 뜻이다.

이것들 전부 내수용으로만 팔리고, 수출품목에서 제외된다. 미래의 기술이 적용되었기 때문이다.

다만 기존에 생산하던 것은 1등급이라도 수출 가능하다.

그래도 약간의 기능 및 성능 개선이 이루어졌으니 수출입 제한이 풀리면 전 세계 시장을 석권하게 될 것이다.

좋았던 품질이 더 좋아졌으니 당연한 일이다.

가전제품뿐만 아니라 화장품 등 일상생활 용품도 크게 개선되었다. 추구하던 효능이 크게 상승한 반면 부작용은 거의 없는 정도로 탈바꿈된 것이다.

한국산 자동차, 가전제품, 화장품, 전자기기, 디스플레이, 철강 등 거의 모든 수출품목이 세계 곳곳으로 팔려나가 새롭고 강력한 한류를 형성시킬 예정이다.

저품질과 저가의 대명사였던 지나는 저작권과 디자인, 초상권 등 각종 권리를 개나 줘버리라는 듯 무차별적으로 베껴서 팔아먹었다. 당연히 품질이 엉망이었다.

그런 지나가 망가진 이후 한국은 다품종, 고품질, 적정가로 환호를 받을 예정이다.

아무튼 미래 기술이 적용된 것들은 다른 제품들과 섞여서 수출되는 불상사가 없어야 한다.

'참, 일본에 수출하는 건 어때?'

'방사능 정화장치는 순조롭게 생산되고 있어요. 참 휴머노이드 추가 파견해야 하니까 20기 더 꺼내주셔야 해요.'

이것들은 마법 등 여러 조치를 취하였기에 아무리 강력한 방사능에 노출되더라도 이상 없이 작동가능하다.

'알았어. 한국 가서 꺼내줄게.'

'참, 북한은 정권 이양을 위한 작업이 한창이에요.'

'반대하는 자들이 있지?'

'당연하죠. 극렬분자들이 꽤 있었는데 알아서 정리하더라고요. 폐하께서는 무혈입성하시면 되요.'

전쟁광 등을 모조리 작살냈다는 뜻일 것이다.

'그래? 그럼 내가 따로 준비할 건 없지?'

'네! 제가 알아서 다 조치를 취해뒀어요.'

북한 정권의 공식적인 종말이 예고되었는지라 미국을 비롯한 서구의 대북제재는 유명무실하게 되었다.

인류 역사상 단 한 번도 모든 권력자들이 기득권을 포기하고 개인에게 나라 전체를 헌납한 경우가 없다.

따라서 전후 상황과 진의 파악 등을 하고 싶은데 그럴 수 없게 되었다. 답답하겠지만 어쩌겠는가!

북한은 자국 내 외교공관을 모두 폐쇄했고, 타국에 설치한 대사관 및 영사관, 연락사무소 등을 철수시켰다.

뿐만 아니라 국제전화와 인터넷도 불통이다. 그리곤 모든 입출국이 끊겼다.

스스로 대화 창구를 완벽하게 차단시킨 상태인 것이다.

한 가지 확실한 것은 하인스 킴이 국가를 선포하고 국왕에 즉위할 예정이라는 것뿐이다.

미국 등 서구는 북한과 지나가 없어진 새로운 국제질서에 어찌 반응할 것인지 계산하느라 바쁘다.

먼저 북한과 지나를 견제하기 위해 배치했던 주한미군과 주일미군의 전격적인 철수가 논의되고 있다.

더 이상 필요치 않게 되었으니 당연한 일이다.

이 밖에 새로 건국되는 이실리프 왕국과 어떻게 외교 관계를 맺을지 계산하고 있다. 떡 줄 사람은 생각지도 않는데 김칫국부터 들이켜는 셈이다.

요 대목에서 크게 착각하는 것이 있다.

현재까지는 미국이 자타가 공인하는 세계최강국이라는 점에는 이의가 없다.

그래서 그런지 건국 후 곧바로 국교 수립을 제안하고, 자국 대통령을 만나러 방미할 것이라는 예상이 그것이다.

대사관이 설치되면 가장 먼저 실시될 작전이 있다. 왕국 내에 친미파를 심으려는 것이 그것이다.

아쉽겠지만 왕국이 미국과 수교하는 일은 없다. 따라서 현수가 방미하는 일 없고, 대통령을 만나지도 않는다.

미국은 항상 자국의 이익이 우선이다. 하여 그를 위해 세계 경제 및 정치를 쥐락펴락하고 있다.

강력한 힘으로 압도하기에 늘 오만했다.

이전엔. '미국에서 기침하면 한국에선 태풍이 분다.' 는 말이 있었다. 그만큼 영향력이 크다는 뜻이다.

미국이 인플레이션을 잡기 위해 금리를 올리면 한국 또한 따라서 인상하지 않을 수 없다. 금리 차이가 커지면 외환이 썰물처럼 빠져나가기 때문이다.

그럼 또 다시 외환위기를 겪을 수도 있다.

다행히도 대한민국은 이에 해당되지 않는 국가가 되었다.

입출국과 수출입이 꽉 막힌 상태에서 재빠르게 체질개선을 한 결과이다. 미국에서 들어왔던 자본은 이미 다 빠져나갔지만 별다른 동요가 없다.

이럴 수 있었던 것은 현수가 의도적으로 천지건설에 선급금으로 지급한 거액의 달러가 있었던 때문이다.

아울러 Y-그룹 계열사의 자본금 규모를 대폭 상향하면서 들여온 달러와 유로화 등이 있었던 덕분이다.

그걸로 외채부터 정리했다. 그러자 국가 재정이 안정적인 상태가 되었다. 빚에 대한 이자를 더 이상 지불하지 않는 것만으로도 부담이 확 줄기 때문이다.

나라 곳간을 제 주머니라 생각하고 도둑질을 일삼던 쓰레기들이 일거에 쓸려나간 덕분이기도 하다.

새 대통령과 국회는 어떻게 하면 재정지출을 줄여, 국민 부담을 줄여줄 것인지에 관심을 기울이고 있다.

이번엔 제대로 된 대통령을 뽑은 모양이다.

먼저 관변단체 등에 대한 지원을 차단하기로 했다. 이는 중앙정부뿐만 아니라 지방자치단체도 마찬가지이다.

국회에서 행정기관이 아닌 곳에 예산을 지원하지 못하게 하는 법률을 통과시킨 결과이다.

다시 말해 국가 또는 지자체에서 직접 운영하지 않는 곳에는 단 한 푼의 돈도 가지 않는다.

일부에서 입에 거품을 물고 달려들고 있지만 그럼에도 정부는 눈썹하나 까딱하지 않고 밀어붙이고 있다.

누군가의 주머니나 채워주고, 그리하여 그들의 목소리가 커지게 했던 불필요한 예산들이었다.
 목적도 없이 줄줄 새던 것을 막는 것만으로도 상당한 효과가 있을 것임을 확신하고 있는 것이다.
 다음으로 관공서에서 발주하는 모든 관공사를 표준품셈[10]이 아닌 시장단가로 적용하게 규정을 바꾸었다.

\*　　　　\*　　　　\*

 이렇게 하면 공사비가 상당히 많이 절감되기 때문이다.
 다음으로 손본 곳은 조달청이다. 기획재정부 산하에 있는데 물자조달 감독 및 관리를 하는 기관이다.
 군수품 중 일반물자의 조달과 정부기관에서 필요로 하는 주요 물자구매 등을 계약, 관리하거나 감독하고 있다.
 이전엔 나라장터라는 웹 사이트를 통해 필요로 하는 각종 물자들을 조달했는데 이번에 방법을 바꿨다.
 일선 행정기관 등에서 소모품이나 특정한 물자를 공급해 달라는 요청을 하면 인공지능이 최저가 검색을 하여 공급자를 선택하는 방식으로 전환한 것이다.
 이 과정에서 인간의 개입은 불가능하다. 품질 확인 및 계약

---

10) 표준품셈 : 건설공사 중 일반화된 공종(工種)과 공법을 기준으로 공사에 소요되는 자재 및 공량(工量)을 정하여 정부 및 지방자치단체, 정부투자기관이 공사 예정가격을 산정하기 위한 기준

자 선정부터 대금지급까지 모두 인공지능이 관장한다.

인간은 제대로 납품되었는지 확인만 한다.

만일 하자가 발생했다는 보고를 하면 시정 요구를 하거나 계약 취소 후 대금 환수까지 인공지능이 전담한다.

조달청 관리자가 하는 일은 하루에 두 번 인공지능이 정상인지를 테스트하는 것뿐이다.

그래서 288명이던 직원 수가 12명으로 줄였다. 굳이 많은 인력이 필요치 않기 때문이다.

276명은 각기 다른 부처(部處)로 배치되었다.

에이프릴 증후군으로 인해 빈자리가 상당히 많았기에 직무 재배치는 그리 어려운 일이 아니다.

그래도 부족한 자리나 업무는 상근예비역 또는 공익요원 및 자원봉사자를 배치하여 해결하고 있다.

참고로, 국가공무원 및 지방공무원은 약 98만 명이었다. 경찰 및 소방공무원을 포함한 숫자이다.

직업군인 및 군무원 21만 명, 사회보장기금 2만 명, 기타 비영리 공공기관에 7만 명이 속해 있었다.

여기에 비정규직 공무원 32만 5천 명이 더 있었는데 이는 전체 경제활동인구의 6.5%에 해당하는 숫자였다.

이 숫자가 엄청나게 많이 줄었지만 새로 뽑지 않는다. 그 결과 지급되던 임금 또한 크게 줄었다.

그만큼 국가 재정에 보탬이 된 것이다.

어쨌거나 이실리프 왕국은 모든 것을 자급자족할 필요 충분한 능력을 가진다. 이처럼 아쉬울 것 하나 없으니 외국의 요구에 장단 맞춰줄 하등의 이유 또한 없다.

현재는 충분한 식량과 연료, 그리고 각종 생필품이 운반되고 있다. 당장 급하여 현수가 개인 돈으로 구입한 것이다.

당연히 한국산이 압도적으로 많다. 값은 비싸지만 기왕에 돈을 쓰는 것이니 경제 활성화에 도움 되라는 뜻이다.

왕국민 모두 흰쌀밥에 고기반찬을 즐기고, 따뜻한 곳에서 편안히 쉴 수 있을 정도로 꾸준히 반입될 예정이다.

휴지, 치약, 칫솔, 비누, 면도기 같은 위생용품뿐만 아니라 생리대나 질 세정제 같은 여성용품도 공급된다.

한국에 넘쳐나는 물자들은 선박으로 운반되고 있다.

동쪽은 장진항, 신포항, 청진항으로 운송되고, 서쪽은 해주항, 남포항, 신의주항으로 보내지고 있다.

수출입이 정지되면서 항구에 정박해 있던 거의 모든 컨테이너선을 총동원하여 숨통을 틔워주려는 의도이다.

아무튼 도로시는 국토개발을 위한 마스터플랜을 수립했다. 국토 전체를 완전히 뜯어 고치는 수준이다.

기존 건축물의 94.3%가 철거되고 다시 지어질 예정이다.

토지의 효율적인 이용을 위해 이전보다 고층건물이 많이 들어설 것이다. 한국에 비해 겨울철 기온이 낮으므로 단열과 보온에 각별히 신경 쓸 예정이다.

현재는 이를 위한 이주 및 작업계획을 수립하는 중이다.

김정은 노릇을 하고 있는 휴머노이드는 당연히 그 명에 따를 만반의 태세를 갖추고 있다.

수시로 제공되는 정보에 따라 선제적으로 원인을 제거하는 일 등을 하고 있는 것이다.

일부에서 불만을 품고 무장봉기를 하려했다.

쥐꼬리만 한 기득권을 가졌던 자들이다. 하지만 거사를 하기도 전에 은밀한 방문을 받았고, 모두 궤멸되었다.

본인의 권력과 이익을 위해 타인에게 위해를 가하려다 뒈진 것이니 딱히 억울하지는 않을 것이다.

'그나저나 노벨 평화상 정도는 받아야 하는 거 아닌가?'

'러시아 우크라이나 전쟁과 폴란드의 참전, 그리고 지나의 대만 침공과 한국, 미국, 영국, 일본의 개입으로 시작된 제3차 세계대전 발발을 사전에 차단하셔서요?'

현수가 오지 않았다면 지나 공산당 지도부는 정세를 오판하여 전격적인 대만침공을 실시한다.

이에 미국 등이 개입하면서 세계대전으로 번져간다. 그 결과는 무수한 사상자 양산과 더불어 지나 멸망이다.

중원이라 칭하던 국토는 피로 물들고, 산업 폐기물을 양산하던 공장들은 모조리 폐허가 된다.

궁지에 몰린 지나가 먼저 핵미사일을 발사한다. 우선은 하와이, 평택, 오키나와 등 미군기지가 목표이다.

이것으로 모자랐는지 대륙간 탄도미사일을 추가로 발사하는데 워싱턴과 뉴욕, 샌프란시스코 등이 목표이다.

이에 분노한 미국은 곧바로 ICBM과 SLBM으로 응수한다. 폭격기도 당연히 동원된다. 이에 지나는 또 다른 핵미사일로 대응하는데 그 결과가 지나의 멸망인 것이다.

폭격 등으로 인해 3억 명 이상이 즉사하고, 3억 명 이상이 부상당하며, 3억 명 이상이 피폭되고, 3억 명 이상이 굶주림을 견디다 못해 아사한다.

전투로도 수많은 병사와 민간인들이 사망한다.

그 결과 지나의 최종 사망자 숫자의 합은 10억 명이 넘는다. 공전절후한 이 기록은 깨지지 않게 된다.

그 후 크고 작은 13개 국가로 분열되는데 서로가 서로에게 책임을 묻는 으르렁거림으로 세월을 보내게 된다.

그러는 동안 모두가 힘없는 국가로 전락한다.

간신히 남아 있던 몇 안 되는 산업기반마저 완전히 파괴되어 농업으로 연명하게 되기 때문이다.

국제 사회는 이들 국가들과 수교하지 않는다. 한족이 주축인 국가는 나라로 인정받지 못하는 것이다.

이민도 받지 않고, 무역도 하지 않는다. 간신히 농산물만 생산하는데 그 품질을 전혀 신뢰할 수 없는 때문이다.

그럼에도 이 13개 국가는 어떻게든 UN 등 국제기구에 가입하려고 애를 쓴다. 그래야 비로소 제대로 된 국가로 인정받고,

국제사회의 지원을 받을 수 있기 때문이다.

하지만 받아들여지지 않는다. 그리고 채 100년도 지나기 전에 뿔뿔이 흩어지면서 소멸되어 버린다.

아무튼 지나의 기습 침공으로 말미암아 대만은 물론이고 한국, 일본, 미국, 북한도 많은 전사자가 발생한다.

이중 한국의 피해가 가장 적다. 한국 육군의 진격을 두려워하여 폭격을 자제한 때문이다.

일본에는 핵미사일 3개가 떨어진다.

도쿄, 요코하마, 오사카에 떨어지는데 도시는 폐허가 되고, 수많은 사상자와 피폭자가 발생한다. 이에 일본 국민들은 다시 한번 핵무기의 무서움에 벌벌 떨게 된다.

북한은 지도부 오판으로 전쟁 후 멸망의 길을 걷는다.

대만으로 시선이 쏠린 틈을 타 기습적인 남침을 시도했다가 완전히 궤멸적인 타격을 입어 폭삭 주저앉게 되기 때문이다. 소위 역관광이라는 것을 당한 결과이다.

종전 후 한국은 통일을 거부한다.

두 번이나 남침한 것에 대한 악감정이 주요 원인이지만 그보다는 너무 많은 통일비용이 들기 때문이다.

결국 북한의 공산체제는 무너지고 무정부 상태가 된다.

그리고 아주 한참 동안 아노미(Anomie)[11] 현상 속에 빠져

---

11) 아노미 : 사회적 혼란으로 인해 규범이 사라지고 가치관이 붕괴되면서 나타나는 사회적, 개인적 불안정 상태

있다가 결국 자멸의 길을 걷는다.

미국도 적지 않은 피해를 입는다.

하와이, 괌, 호주, 오키나와, 샌프란시스코, 뉴욕 등으로 발사된 핵미사일을 요격하지 못한 결과이다.

미국의 미사일 방어체계(MD)에 심각한 오류가 있었다는 건 나중에 밝혀진다.

고고도미사일 요격체계인 사드(THAAD)의 경우 요격 확률이 대외적으로 약 80%로 알려져 있다.

그런데 실전에서의 요격률은 채 65%를 넘지 못한다.

패트리어트 미사일의 경우는 개선을 했음에도 불구하고 15% 남짓이다. 참고로, 걸프전 당시의 요격률은 0%였다.

미군이 큰 피해를 입은 가장 중요한 이유는 지나가 보유 핵미사일 대부분을 발사한 때문이다.

연합군의 조직적인 공격으로 만회할 수 없는 수세에 몰려 궤멸당할 상황이 되자 악에 받친 나머지 모든 발사 버튼을 거의 동시에 눌러버린 것이다.

그 숫자가 상당히 많았다. 미국의 요격체계가 방어할 숫자 이상이었던 것이다. 하여 하와이, 괌, 오키나와, 호주 등의 미군 기지들이 완전히 작살난 것이다.

이 밖에 샌프란시스코와 뉴욕 등지에도 핵폭탄이 떨어져 엄청난 피해를 입힌다.

지난 해 현수는 하늘을 뒤덮은 뿌연 미세먼지를 보고 이맛

살을 찌푸렸다. 그리곤 오염된 공기를 가두게 하고, 엄청난 폭우가 쏟아지도록 하라는 지시를 내린 바 있다.

그 결과 엄청난 대홍수가 발생하였다. 유사 이래 가장 강력한 재난을 만난 지나 정부는 우왕좌왕했다.

그러다 행정시스템과 군사력이 상실되어 멸망의 길을 걷고 있다. 이러니 대만 침공은 일어날 수 없게 되었다.

러시아와 우크라이나 전쟁도 둘 사이 접경지대에 조차지를 받았으니 사전에 차단된 셈이다.

현수가 세운 공은 이것 말고 또 있다.

극렬 이슬람 세력들의 테러가 사전에 차단된 것이다. 오늘도 참수되는 많은 근본주의자 등이 있다.

이들은 세계 각지에서 자살폭탄 테러를 자행하여 수많은 인명을 살상케 할 놈들이다.

미리 처단하지 않는다면 9.11테러에 버금갈 천인공노할 사건 사고가 빈발하게 되었을 것이라는 이야기이다.

영국의 빅벤이 망가지고, 프랑스의 에펠탑이 쓰러지며, 미국의 자유의 여신상이 폭파된다.

인도의 타지마할과 스페인의 가우디 성당, 그리고 이탈리아의 콜로세움도 산산조각 난다.

이밖에 엠파이어스테이트 빌딩과 백악관에 항공기가 처박혀 또 다른 9.11테러가 발생된다.

같은 날, 금문교가 끊기면서 통행하던 수많은 자동차들이 일제히 바다에 처박히는 참사도 일어난다.

자유의 여신상과 더불어 미국의 랜드마크로 이름난 곳들인데 산산이 부서짐과 동시에 수많은 인명이 스러진다.

이 미친놈들은 종파가 다르다는 이유로 수많은 사람들이 있는 대낮에 두바이의 부르즈 칼리파를 붕괴시킨다.

당연히 많은 인명이 스러진다.

그런데 이 모든 일이 일어나지 않게 되었다. 하루에도 수백, 수천 명의 목이 잘리고 있는 때문이다.

세계의 골칫거리이던 IS 등 무장단체 또한 궤멸되고 있는 중이다. 하여 이슬람 세계는 만연된 공포에 절어 있다.

언제, 누구의 목이 느닷없이 잘리며 피분수를 뿜어낼지 알 수 없는 때문이다.

이슬람은 이를 '알라의 처단' 이라 칭한다.

한순간이라도 신께 불순한 마음을 품었던 자들의 목이 잘리는 것이라 생각하는 것이다.

그럴 수밖에 없는 것이 아무런 기척도 없다가 갑자기 바람 한 자락이 불면 잘린 목이 툭 떨어진다.

그 뒤에 뿜어지는 시뻘건 선혈은 보너스이다.

하여 잔뜩 겁먹은 채 본인들이 지은 죄를 반성하느라 다른 생각을 하지 못한다.

테러를 계획조차 하지 못하고 있는 것이다.

아무튼 현수 덕분에 많은 사람들의 목숨이 사라졌지만 대신 세계는 평화롭다.

일어날 전쟁이 사전에 차단되었고, 매연 등 오염물질을 뿜어내던 공장도 많이 없어졌다.

이러니 노벨평화상 운운한 것이다.

**Chapter 09**
—
산 채로 기름에 튀겨

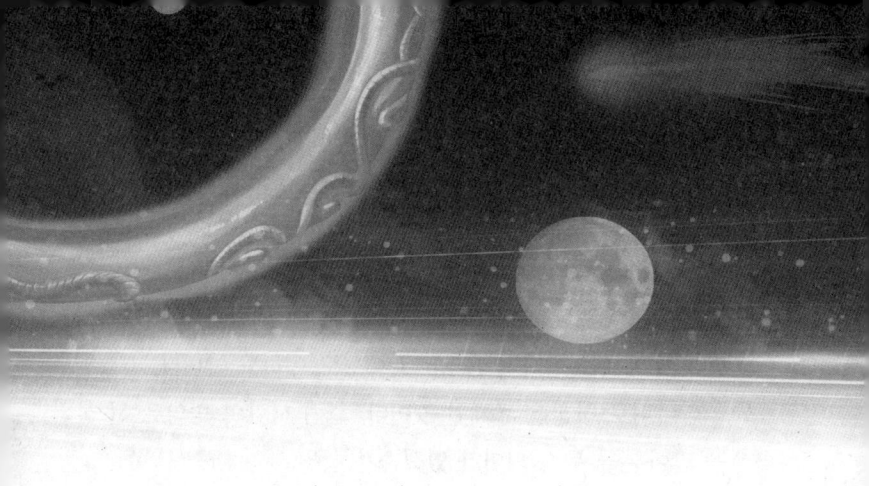

'그렇게 생각하지 않아?'
'그러긴 하죠. 근데 폐하에게 노벨상이 무슨 의미가 있나요? 그는 스웨덴의 발명가이자 화학자일 뿐인데요.'

현수는 제국의 황제였다. 상당히 오랫동안 통치했고, 양위한 후에도 쭉 상황(上皇)으로 군림했다.

지구뿐만 아니라 아르센 대륙, 마인트 대륙, 그리고 콰트로 대륙과 우주 곳곳의 제국들을 다스렸다.

그러는 동안 다스린 휘하 백성들의 숫자만 수백 억 명을 훌쩍 넘긴다.

첫 백성의 손자의 손자의 손자 세대는 물론이고 그 후손들까지 다스렸으니 당연한 일이다.

제국의 국토는 모두 황제의 것이고, 세상의 모든 부를 가졌다.

이러니 노벨상을 만든 알프레드 노벨이 대단하다 여겨지지만 현수에게는 씹다 뱉은 껌 그 이상도 이하도 아니다.

한마디로 하찮은 존재인 것이다. 그런 사람의 명의로 된 상을 받아본들 무슨 의미가 있겠는가!

그런데 혹시 모른다. 단군(檀君)께서 친히 재림하시어 상을 내리신다면 그건 기꺼이 받을 생각이다.

제국의 황제이기 이전에 단군의 후손인 때문이다.

광개토태왕이나 구국의 영웅이셨던 이순신 장군께서 직접 상을 주신다 하면 그 또한 감사히 받아들인다.

너무도 존경하는 분들이기 때문이다.

'하긴… 격이 안 맞지. 그리고 상금도 얼마 안 되고.'

'맞아요. 그리고 체면이 있으시죠.'

맞는 말이다.

국왕으로서 체통이 있으니 그걸 준다고 해도 받지 말아야 한다.

'그렇겠지?'

'아무렴요. 수학계의 노벨상이라는 필즈상과 아벨상, 울프상 등 모든 수학 관련 상을 준다고 하던데 그것도 사전에 거부할까요?'

'그래, 내가 그런 거 받아서 무어해?'

러시아의 수학자 그리고리 페렐만은 수학 7대 난제 중 하나였던 푸엥카레 추측을 해결한 바 있다.

하여 필즈상 수상자로 선정되었다.

현수는 나머지 6문제를 모두 해결했을 뿐만 아니라 페르마의 마지막 정리를 완전히 새로운 방법으로 증명했다.

하여 수학계에서 모든 상을 주겠다고 하는 것이다.

페렐만은 필즈상을 거부했을 뿐만 아니라 아예 학계를 떠나 은둔생활을 하고 있다.

아울러 미국 클레이 수학연구소에서 내걸었던 상금 100만 달러도 받지 않겠다고 하였다.

페렐만은 결코 부자가 아니었음에도 그리했다. 하물며 세계 최고 부자인 현수는 어떻게 해야겠는가!

누군가에겐 엄청 큰돈이겠지만 현수에게 100만 달러는 푼돈에 섞인 먼지 정도밖에 되지 않는다.

은행에 예치된 예금의 1초 이자에도 미치지 못한다.

그럼에도 이걸 받자고 공식 석상에 잘 차려입고 때맞춰 나간다는 건 코미디에 가깝다.

게다가 기자들을 위한 포즈를 취해줘야 하고, 감사의 말 내지 겸손한 소감도 발표해야 한다.

그런데 토론토 대학의 수학교수 존 필즈의 주창에 의해 제정된 필즈상 메달은 먹지도 못하는 금속 덩어리일 뿐이다.

필즈상이 이럴진대 아벨상과 울프상 등 나머지 수학 관련 상은 논해서 무엇 하겠는가!

그렇기에 미리 수상 거부를 선언하는 게 마땅하다. 받아 봐야 영광스럽지도 않고, 상금은 푼돈도 못된다.

사실 수학계에서 시상을 하려 해도 그때는 이미 국왕의 자리에 즉위한 후이다.

필즈상이 수학자들에게는 영광이겠지만 현수에겐 전혀 아니다.

선출직 대통령 따위가 아닌 종신 군주이기 때문이다.

시상(施賞)은 누군가에게 '상을 베푼다.' 는 의미이다.

그리고 베풀다는 '윗사람 또는 형편 넉넉한 사람이 자신보다 아래이거나 가난한 자에게 내린다.' 는 뜻이 담겨 있다.

사전적으로는 '도와주어 혜택을 받도록 한다.' 이다.

그런데 누가 있어 감히 한 나라의 지존을 도와주어 혜택을 받도록 할 수 있겠는가!

이실리프 왕국은 결코 힘없는 가난한 국가가 아니다.

국가채무가 전혀 없는 그야말로 알토란보다도 더한 보석 그 자체인 국가이다.

세금은 한 푼도 걷지 않지만 늘 넉넉한 자금을 보유한다. 이는 현수나 도로시가 운용하고 있는 돈이 아니다.

왕국의 거의 모든 공산품은 원소분해기, 원소수집기, 그리고 만능제작기로 생산된다.

필요한 원료는 대부분 쓰레기에서 추출한다.

그럼에도 부족한 것은 땅의 정령으로 하여금 채취하기 쉽도록 한 곳에 모은 것을 이용한다.

원소분해기, 원소수집기, 그리고 만능제작기가 사용하는 동력은 주로 태양광발전으로 얻은 전기이다.

어쨌거나 다 만들어진 공산품은 아공간에 보관되므로 보관 비용이 전혀 없고, 물류는 포탈 마법진으로 해결한다.

상품에 대한 광고는 국립 방송국에서 한다. 이러니 공산품 제조 원가는 거의 제로에 가깝다.

그렇다 하여 국민들에게 공짜로 나눠주지는 않는다. 그렇게 하면 모두가 게을러지기 때문이다.

아르헨티나와 베네수엘라의 공통점은 이런 선심성 포퓰리즘 정책을 썼다는 것이다.

그 결과 아르헨티나는 선진국에서 중진국으로 주저앉았고, 세계에서 가장 석유 매장량이 많은 베네수엘라는 타국에서 휘발유 등을 수입하고 있다.

따라서 모든 공산품 및 식품은 적정한 가격이 매겨진다. 이렇게 하면 민간에 풀린 돈을 탈 없이 회수할 수 있다.

그 돈 대부분이 이득이니 국고가 항상 넉넉한 것이다.

한편, 왕국의 군사력은 천조국 미국을 열 번 이상 아무런 피해 없이 찜 쪄 먹고도 남을 만큼 강력하다.

생존에 꼭 필요한 식량은 수확량이 어마어마한 신품종 씨

앗과 최첨단 영농 기술로 해결한다.

열대부터 한대까지 모든 작물을 재배할 수 있는 것이다.

주거지 난방은 항온마법진만 있으면 된다.

기타 다른 용도로 사용될 연료는 서한만에 풍부하게 매장된 원유를 뽑아 올리면 된다.

필요로 하는 모든 물품을 100% 자체 수급 가능한 나라가 되는 것이다.

게다가 이실리프 왕국은 4대 정령의 가호가 있어 자연재해라는 걸 겪을 확률이 없는 지극히 안정적인 국가이다.

가뭄, 홍수, 혹서, 혹한, 폭설, 폭우, 태풍, 지진, 해일, 산사태, 화산 분화 등으로 인한 피해가 발생하지 않는 아주 안전한 나라인 것이다.

송하비결, 격암유록과 더불어 조선시대 3대 예언서로 꼽히는 정감록(鄭鑑錄)에는 십승지(十勝地)가 등장한다.

굶주림이나 싸움 등의 염려가 없고, 세상의 여러 재앙 질병이 침범하지 못하는 피난처이며, 자손이 창성(昌盛)하는 곳을 이르는 말이다.

징비록, 남사고비결, 토정가장결 등에도 언급되어 있는데 영월 동쪽 상류, 풍기 금계촌, 가야산 만수동, 부안 호암 아래, 속리산 아래 증항 근처, 지리산 인근 동점촌, 안동의 화곡, 단양 영춘 등이다.

이 책의 내용 중에는 '호랑이와 토끼해를 당하여 남북이

서로 솥(鼎)의 발 같이 대치하리라.'는 구절이 있다.

호랑이해인 1950년에 발발한 6.25 전쟁을 이르는 것이라는 해석이 있다.

아울러 '인천과 부평 사이에 밤중에 배 1,000척이 정박하고'라는 구절도 있다.

이는 맥아더 장군이 지휘한 인천상륙작전을 뜻하는 것이라는 의견이 있다.

어쨌거나 이실리프 왕국은 자연재해와 전쟁이 없으므로 특정 지역이 아니라 나라 전체가 십승지 혹은 그보다 더 안전하고 살기 좋은 곳이 될 예정이다.

세계수가 뿜어내는 무한한 마나 덕분에 자연치유력이 상승하여 국민 모두가 무병장수하는 것은 덤이다.

지금껏 그 어느 누구도 꿈꾸지 못하던 진짜 유토피아[12]가 바로 이실리프 왕국인 셈인 것이다.

그리고 그러한 나라를 다스릴 사람이 바로 현수이다.

국왕 재위 기간은 최소 500년 이상이다.

마음 내키면 그보다 훨씬 더 긴 세월동안 굳건히 지존의 자리에 앉아 만백성을 굽어보는 세월을 보낼 수도 있다.

후손 중에 국왕의 자리에 적합한 인물이 태어나지 않으면 일어날 일이다.

---

12) 유토피아(Utopia) : 영국의 사상가 토머스 모어가 만든'현실에는 결코 존재하지 않는 이상적인 사회'를 일컫는 말. 이상향(理想鄕)이라고 부르기도 한다

어쨌거나 국왕인 현수가 누군가로부터 시상 받는다는 것 자체가 모독이다.

영국 여왕이나 사우디아라비아 국왕에게 누군가 상을 수여하겠다고 하면 곧바로 거부할 것이다.

그리곤 명예 훼손을 이유로 사과를 요구한다.

이러니 세계수학자대회에서 필즈상 등을 주겠다고 애원해도 받으면 안 된다.

스스로를 낮추는 일이기 때문이다.

'그건 그렇게 하고 촉법소년 연령을 하향하라는 건 어찌 되었어?'

'아! 그거요? 그건 이번 국회에서 만 9세 이상 10세 미만으로 법을 개정했어요.'

초등학교 4학년 이상이 범죄를 저지르면 성인과 마찬가지로 다스리게 되었다는 뜻이다.

'참, 촉법소년이더라도 그 행위가 파렴치하거나 악랄할 경우엔 부모에게 책임을 묻게 될 거예요.'

'걔들 감화(感化)는 어떻게 하기로 했어?'

'수감 초기에 무조건 연쇄살인범 같은 흉악범과 같은 감방에 수용하도록 했어요.'

이실리프 왕국과 같은 방법으로 재범을 두려워하게 만든다는 뜻이다.

사실 실제 흉악범인 것은 아니다.

일부러 인상 고약하고 살벌하게 만든 안드로이드들이 투입되어 실감나게 연기하는 것이다.

신장 195㎝, 체중 130㎏에 전신이 문신으로 뒤덮여 있고, 피지컬은 거의 아놀드 슈왈츠제네거 급으로 보인다.

누가 있어 감히 덤벼들 생각이나 하겠는가!

그런데 세상엔 미친놈들이 많다. 그러니 실제로 덤벼드는 멍청이가 있을 수 있다.

그러면 원 펀치 텐 강냉이가 무엇인지 확실하게 경험하게 된다.

헤비급 복서로 이름을 날렸던 마이크 타이슨의 펀치력이 1톤이라는 말이 있었다.

흉악범의 펀치력은 그것의 10배를 훌쩍 넘긴다. 게다가 엄청나게 빨라서 그냥 뚫려버린다.

주먹이 신체를 관통하는 것이다. 당연히 어느 누구도 살지 못한다.

그러니 이빨 10개가 부러지는 것은 덤비면 어찌 되는지 보여주는 수업료에 불과할 뿐이다.

아무튼 휴머노이드의 흉악범 연기는 너무나 생생해서 진짜 살인마인 것처럼 느껴진다.

하여 창살 밖 교도관들조차 오금 저림을 느끼게 된다.

흉악범이 저지른 범행은 5인 이상 연쇄살인 후 시신을 토막내고, 인육을 생(生)으로 섭취한 것으로 알려진다.

웬만한 정신으론 절대로 저지를 수 없는 범죄행위이다.

어쨌거나 언제 사형이 집행될지 알 수 없는 사형수 연기를 하는데 그 언행이 너무나 살벌해서 같이 있는 것만으로도 공기가 서늘해짐을 느낄 정도이다.

하여 같이 있는 동안 여러 번 오줌을 지릴 수 있고, 산 채로 씹어 먹히는 악몽에 소스라치게 놀라며 깰 수도 있다.

분명 재소자 정신 건강에 문제가 생긴다.

심심치 않게 PTSD 또는 극도의 공포와 불안함을 느끼는 공황장애 환자가 발생된다.

그래서 출소 후 평범한 사회생활이 곤란한 경우도 있다.

그런데 그러면 뭐 어떤가!

범행을 저질러 교도소에 수감되는 자이다. 그리고 범죄자의 인권은 보호되지 않는다.

그리고 복역을 마쳤다 하여 반성했다는 의미가 아니다. 오히려 원망을 품고, 복수심에 이를 갈고 있을 수도 있다.

이러니 재소자의 정신건강을 염려하기보다 어떻게 하면 재범을 막을 것인지를 고심하는 편이 낫다.

그렇기에 더 효과적인 방법을 고안해낸 것이다.

'깜박 잊었는데 모든 재소자는 출소 사흘 전이 되면 처음 머물렀던 흉악범이 있는 감방에서 머물게 돼요.'

이때 방장인 흉악범은 이렇게 말한다.

"오랜만에 보네. 그동안 나 안 봐서 좋았어? 크흐흐!"

이전까지 말년 병장처럼 거들먹거리던 재소자라 하더라도 이내 무릎을 꿇고 고개를 조아린 채 공손히 대답한다.

감히 항거조차 할 수 없어 눈빛 마주치는 것조차 두려운 절대 악과 직면한 상황이니 당연하다.

"네? 아, 아닙니다."

"그래? 안 그런 거 같은데? 곧 나가나 봐?"

"네! 사, 사흘 후에 출소합니다."

"오! 그래? 좋겠네. 나는 여기서 썩다가 언제 죽을지 모르는데… 지금 나한테 자랑한 거지?"

"아, 아닙니다. 정말 그런 거 아닙니다. 죄송합니다."

    \*   \*   \*

혹시라도 어떤 해를 가할까 싶어 벌벌 떤다.

본인을 때려죽인 후 인육을 생으로 씹어 먹는다는 생각을 하는 때문이다.

한국엔 사형수보다 더한 처벌이 없다. 그러니 미친 척하고 하나쯤 더 죽여도 된다.

하여 다들 이쯤해서 소변을 지리며 벌벌 떤다. 날고 기던 조폭 행동대장이라도 마찬가지이다.

"아니긴… 나 약 올리려는 거였으면 성공했어."

"아, 아닙니다. 정말 아닙니다. 죄송합니다. 죄송합니다."

출소를 앞둔 재소자는 얼른 고개를 좌우로 흔든다. 다른 감방에 있는 동안 흉악범에 더 많이 알게 된 때문이다.

 흉악범은 본인이 살해한 자의 머리를 빠개고, 손도끼로 가슴을 짜갠 뒤 채 식지 못한 피해자의 심장을 꺼내 질겅질겅 씹다가 체포되었다고 한다.

 광기로 번들거리는 눈빛, 입가에 묻어 있는 시뻘건 선혈을 본 경찰 중 하나는 현장에서 졸도했다고 한다.

 체포된 뒤 취조실로 끌려가 여죄를 캐물은 결과 그렇게 죽인 인원만 다섯이고, 모두 심장이 없었다고 한다.

 교도소에 전해지는 전설에 의하면 흉악범이 교도소에 수감된 후 멋모르고 기어오르던 죄수 하나가 있었다고 한다.

 잘 나가는 조폭 행동대장이었던 자이다.

 싸움에 자신 있고, 체급이 비슷했기에 달려들었다는데 그 결과 두 손목이 모두 부러졌고, 왼쪽 안구가 상실되었다.

 그런데 아무리 찾아도 보이지 않았다고 한다.

 흉악범 입가에 뭔가 비릿한 것이 묻은 것 같았는데 너무 무서워서 아무도 물어보지도 못했다고 전해진다.

 이런 일련의 내용을 모두 알고 왔는데 서늘한 눈빛으로 본인을 바라보며 비릿하게 웃고 있다.

 이런 시선과 딱 마주치면 어떤 생각이 들겠는가! 흉포한 맹수 앞에 발가벗고 서 있는 기분일 것이다.

 "……!"

한동안 잊고 있던 섬뜩한 공포가 또 다시 떠오른다. 하여 대꾸조차 못할 때 흉악범의 말이 이어진다.

"너, 여기 또 오면 뭔가 하나가 없어질 거야. 알았어?"

인체에 두 개씩 있는 것은 몇 안 된다. 눈, 귀, 폐, 신장, 불알 등이다. 이중 하나를 씹어 먹겠다는 뜻일 것이다.

어찌 겁나지 않겠는가!

"대답 안 해? 지금 하나 없애줄까?"

"네? 아, 아뇨! 아, 알겠습니다. 다시는 안 올게요."

"그래. 니 입으로 그렇다고 했으니 다시 또 보면 꼭 없애줄게. 그게 뭔지는 니가 상상해. 크흐흐!"

출소를 사흘 앞둔 모두 죄수들이 공통적으로 경험하는 것은 아랫도리가 축축하다는 것이다.

너무나 무서워 하초의 괄약근이 제멋대로 풀려버린 결과이다.

그와 동시에 생각하는 것이 있다.

'여, 여기 다시 오면 정말 뒈질 거야. 어휴! 무서워, 너무 무서워. 다시는 죄 짓지 말아야지. 진짜야. 진짜!'

무사히 출소해도 간간이 깜짝 놀라며 깨곤 한다.

꿈속에서 신체의 한 부분이 잔인하게 뜯겨나가고 그걸 씹어 먹는 흉악범의 얼굴이 보이기 때문이다.

만 10세 이상인 소년범 또한 흉악범을 만난다. 감히 대들 생각조차 할 수 없을 만큼 거구이고, 인상 더럽다.

산 채로 기름에 튀겨 199

아무리 싸가지 없는 애새끼였더라도 이 흉악범 앞에서는 순한 양처럼 굴지 않을 수 없다.

당장 사지를 찢어발길 듯한 느낌을 받기 때문이다.

얼마나 무섭겠는가! 백이면 백 모두 오줌을 질질 싸면서 공포에 떨며 울다가 기절하게 된다.

따라서 앞으로는 재범률이 매우 많이 떨어질 것이다. 학폭 등이 현저하게 감소될 것임을 의미한다.

조선시대 아이들은 호환(虎患) 마마(媽媽, 천연두)가 무서웠고, 6.25 이후엔 망태 할아버지[13]가 제일 무서웠다.

앞으로는 교도소 흉악범이 그 자리를 대신할 것이다.

어쨌거나 촉법소년 연령이 낮아졌으니 멋모르고 까불던 싸가지 없는 녀석들이 톡톡히 혼날 일만 남았다.

예전엔 부모의 백으로 풀려나는 일이 비일비재했지만 앞으론 어림도 없다.

괜한 수를 부리다간 그 부모까지 교도소 생활을 해야 한다. 공직자에게 무리한 청탁을 하거나 뇌물 주는 행위를 아주 엄히 다스리게 되는 때문이다.

아무튼 전과자가 되면 제대로 된 인생을 살기 힘들다. 주민등록에 명기되므로 늘 꼬리표처럼 달고 다닌다.

진학이나 취업에 막대한 불이익을 당할 것이고, 주민등록등

---

13) 망태 할아버지 : 어린이를 유괴해 잡아먹는 나병(문둥병) 환자의 소문이 길거리를 배회하는 망태기 고물장수의 존재와 결합하여 만들어진 가상의 인물

본이나 초본을 제출하면 상대가 바로 알아차린다.

'그래? 잘 했네.'

'거길 한 번 경험하면 아마 평생 죄 지으려는 마음이 사라질 거예요.'

'그러라고 그러는 거잖아.'

'네! 아무튼 지시한대로 처리했어요.'

촉법소년 연령에 대한 국민의 불만을 국회의원들에게 은근한 압력으로 전한 결과이다.

이런 땐 칭찬 한 번 해줘야 한다.

'수고했어.'

'헤헤, 네에.'

'한족이랑 조선족은 어떻게 했어?'

'문제를 일으켰던 것들은 베트남 또는 라오스 국경 인근에 데려다 놨어요.'

'그래? 왜 하필 거기지?'

'사흘을 넘길 수 없는 곳이니까요.'

깜박 잠들었다가 깨어보니 이상한 곳에 있다.

뭔가 이상하여 살펴보면 알몸이다. 신분증명서, 여권, 지갑, 휴대전화 등 소지품은 아무것도 없다.

그런데 멀지 않은 곳에서 손도끼와 식칼, 그리고 몽둥이 등을 쥔 사내들 여럿이 다가온다.

눈빛 번들거리는 걸 보면 분명 미친놈들이다. 하여 얼른 뒤

쪽으로 달아나려는데 웬 팻말이 보인다.

 경고! 경고!
 더 이상 접근하면 수하(誰何) 없이 사살함.
 ― 베트남 국경수비대장

 이게 대체 뭔가 싶지만 상황이 상황이다 보니 얼른 좌우를 살피게 된다.
 본인과 비슷한 처지가 된 듯한 남녀노소가 겁에 질린 듯한 표정으로 주위를 두리번거리고 있다.
 폭도들보다 많은 수이긴 하지만 타인이 어떻게 되든 말든 아무런 상관없다는 개인주의와 무관심은 힘을 합쳐 대항하겠다는 생각조차 하지 못하게 한다.
 그러다 누군가 폭도에게 살해당하게 된다. 비명과 함께 선혈이 뿜어지는 끔찍한 모습이다.
 이때라도 다 같이 달려들어 대항하면 무슨 수라도 있겠지만 아무도 그러지 않는다.
 오히려 다들 뒤로 물러나기만 할 뿐이다.
 거의 모두 나 혼자만 잘 먹고 잘 살면 된다는 생각을 가졌으니 애초에 그런 걸 기대하면 안 된다.
 그러다 누군가 국경 쪽으로 무작정 뛰는데 총성이 들린다.
 털썩하더니 움직임이 멈춘다. 세상과 하직한 모양이다.

총알이 뚫은 것은 두개골일 수 있고, 심장일 수 있으며, 간이나 기타 다른 장기일 수도 있다.

뿜어지는 선혈의 양만 봐도 사망이다.

한국에 체류하는 동안 조선족인 경우 어려울 땐 동포라 하면서 도움을 청했지만 속내는 자랑스러운 지나인이라는 생각을 했고, 불법을 밥 먹듯 했다.

이런 자들은 여지없이 국경 인근에서 깨어난다.

그냥 평범하게 체류하던 자들은 대도시 인근에 데려다 놓는다. 이들의 옷은 벗기지 않지만 소지품은 없다.

신분증명서가 없는 것은 물론이고 지문까지 지워진 상태이다. 따라서 본인이 아무리 우겨도 한국에 있었다는 사실이 증명되지 않는다. 그걸 조사할 관공서도 없기는 하다.

아무튼 에이프릴 중후군 때문에 한국은 거의 모든 지역에서 곡소리가 끊이지 않는다.

후손들이야 애달프겠지만 일반 국민들은 소가 닭 보듯 담담하다. 돼지는 놈들이 어떤 것들이었는지 낱낱이 밝혀지고 있는 때문이다.

예전 같으면 언론 통제나 협박, 날조, 조작, 은폐 등으로 진실을 호도(糊塗)[14] 했겠지만 요즘엔 불가능하다.

연줄을 통해 기사 삭제나 검색어 순위 조작 같은 것을 시도하면 그것마저 까발려져 사회적인 매장을 당한다.

---

14) 호도(糊塗) : 풀을 바른다는 뜻으로, 명확하게 결말을 내지 않고 일시적으로 감추거나 흐지부지 덮어 버림

게다가 끈 떨어진 연을 누가 거들떠나 보겠는가! 후환이 무서워서라도 쉬쉬하며 장례를 치른다.

문상객이 거의 없어서 장례비용이 걱정스럽다. 한때 잘 나갔지만 그 말로(末路)는 결코 그렇지 못하게 되는 것이다.

어쨌거나 한국은 인프라가 제대로 갖춰진 국가이다.

편리하고, 아늑했으며, 살기에 좋았다. 그런데 졸지에 청동기나 철기시대에 버금갈 후진적인 곳에 떨어졌다.

수중에 돈 한 푼 없는데 며칠이나 버티겠는가!

게다가 살이 통통하게 올라있어 누군가의 눈엔 먹음직스러운 고깃덩어리 내지 사냥감으로 보인다.

한족이든 조선족이든 하루라도 지나 국적이었던 사람들은 예외 없이 여기저기에 떨궈졌다.

대부분 어안이 벙벙하여 어쩔 줄 모르고 있다가 누군가에게 맞아 죽은 뒤 식량이 되었거나, 굶어죽었다.

본인들이 속해 있어 너무나 자랑스럽다던 지나인들에 의한 결과이니 크게 억울하지는 않을 것이다.

'베트남 등 동남아 국가 사람들은?'

'불법 체류자와 꼼수 부려 한국 국적을 취득한 것들은 모조리 자기네 나라로 보냈어요.'

합법적으로 입국하여 아무런 문제없이 체류하고 있는 사람은 일단 제외되었다는 뜻이다.

여성은 국제결혼으로 입국하여 별 탈 없이 가정생활을 하고 있는 경우는 괜찮지만 이혼했으면 모두 돌려보냈다.

베트남 남성과 재혼하였다면 그 사내 또한 같이 보냈다.

도로시는 그들의 국적을 말소시켰다.

죽지 않고 살아도 다시는 한국 땅에 발을 들여놓을 수 없는 조치를 취한 것은 덤이다.

'거기 가서 떠들면 문제되지 않을까?'

자고 일어났더니 귀국해있다. 그런데 출입국 기록에 출국만 있고 귀국이 없다. 본인도 귀국한 기억이 없다.

이러면 분명히 뭔가 이상하다는 생각을 하게 된다. 하여 일부 기억을 삭제시켰다.

한국에 머물렀던 것을 모두 지워버린 것이다.

현재의 기술로는 불가능한 일이지만 도로시에겐 그리 어렵지 않은 일이다.

기억을 조작하는 마법진이 있기 때문이다.

이렇게 돌아간 사람들은 뭔가 이상하다는 생각은 하겠지만 먹고 살기 바쁘면 그냥 살아간다.

다만 폭력조직에 가담하였던 자들은 한족에 섞여서 국경 인근에 내려졌다.

그 결과 누군가의 식량이 되거나 자국 국경수비대원이 쏜 총탄에 맞아 사망했다. 이 숫자가 상당히 많다.

참고로 국내에 머물던 외국인 조폭은 14개국 65개 파이며, 그 인원은 5,617명이었다.

이들 중 현재까지 생존한 인원은 하나도 없다.

칼로 일어난 자는 칼로 망한다는 말이 있듯 폭력을 휘두르다 누군가의 폭력에 의해 목숨을 잃은 것이다.

이 밖의 불법 체류자도 낱낱이 색출하여 모두 돌려보내는 작업이 진행되고 있다. 신분증명서 압수와 지문 삭제, 그리고 기억 조작은 기본이다.

덕분에 외국인 관련 관공서들이 몹시 한가해졌다. 비자 연장 등을 신청하러 오는 외국인이 거의 없는 때문이다.

어쨌거나 국내에 체류 중인 외국인 수는 이전의 100분의 1 이하로 줄어들었다. 제대로 된 절차를 밟아 입국한 후 정상적인 생활을 하는 일부만 남은 결과이다.

한족과 조선족은 이에 해당되지 않아 모두 보내졌다.

'참, 마약 관련자들은 어떻게 되었어?'

'당연히 전부 제거되었지요. 놈들이 보유하고 있던 마약은 모두 불 태워졌고, 자금은 전부 몰수했어요.'

'그랬어? 근데 누구누구?'

'들여온 놈, 운반한 놈, 팔았던 놈 전부요.'

'무슨 영화 제목 같네. 좋아, 그걸 쓴 놈들은?'

'딱 한 번 경험한 정도만 남기고 몽땅 데스봇 레벨 5로 투입 했어요.'

'잘 했네. 제법 많았지?'

대한민국은 마약 청정국으로 알려져 있다. 그런데 속사정을 알고 나면 절대 그런 소리 못한다.

 음지의 독버섯처럼 여기저기에 숨어 있다.

 마약사범에 대한 단속이 제법 강력함에도 다른 나라 못지않게 상당히 많은 중독자가 있는 것이다.

 수요가 있으면 공급이 있는 법이다. 게다가 거액을 벌 수 있는 일이다. 하여 마약을 들여오고, 파는 자 또한 많았다.

 당연히 막대한 이익을 챙기는데 그럴 수 있는 것은 비호세력이 있는 때문이다.

Chapter 10

—

수술 잘되었어요

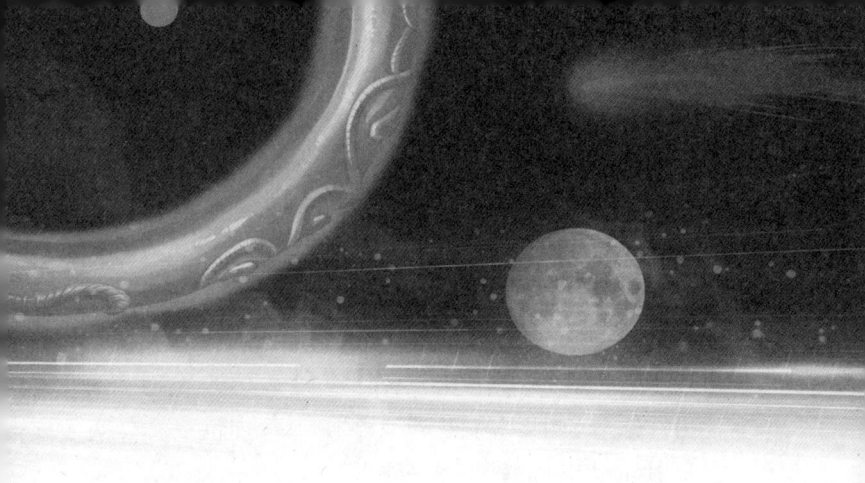

 견찰과 떡검 등에서 뇌물을 처먹고 눈 감고, 입을 닫으니 계속해서 중독자들이 늘고 있는 것이다.

 단속을 안 하는 것은 아니다. 그럼에도 숫자가 줄지 않는 이유는 법망이 너무 느슨해서 그렇다.

 빠져나가는 미꾸라지들이 많은 것이다.

 다들 알다시피 마약은 푼돈으로 시작할 수 있지만 목돈이 있어야 중독이 유지된다. 그리고 그런 목돈을 기꺼이 지불할 수 있으려면 돈이 많아야 한다.

 재벌가와 연예계 등에 만연할 수 있었던 이유이다.

 둘 다 권력과 가깝기에 단속되어도 미꾸라지처럼 빠져나가

곤 했다. 그리곤 재범, 3범을 무서워하지 않았다.

그럴 만한 금력과 권력이 있기 때문이었을 것이다. 다시 말해 또 잡혀도 바로 빠져나올 수 있다는 믿음을 가졌다.

그런데 혼자서 그러면 불안하기에 비슷한 계층의 동료들을 모은다. 그러면 점점 더 쉬워지기 때문이다.

마약을 복용하면 무엇을 하겠는가!

당연히 성적인 쾌락을 추구한다.

하여 상대적 약자인 여성들을 유인하여 마약을 복용케 한 후 무자비한 성적인 유린을 가한다.

그리고 그런 장면을 영상으로 담는다.

허튼짓하면 공개하겠다는 협박으로 신고 못하게 하려는 의도도 있지만 계속 불러내어 욕망을 채우기 위함이다.

세상을 떠들썩하게 한 '김 차관 사건'이란 것이 있다.

2013년 법무부 차관이었던 자가 강원도 원주의 한 별장에서 낯 뜨거운 행위를 했고, 그 장면이 촬영된 동영상이 공개되면서 파문이 시작되었다.

동영상에는 김 차관 이외에 전·현직 고위급 관료 7명, 전직 국회의원, 병원장 2명, 언론사 간부 2명이 등장한다.

수사 결과 이 별장에서 각종 음란비디오와 쇠사슬, 채찍 등이 발견되었다. 변태적인 행위가 있었음을 의미한다.

성 접대에 동원된 여성은 모두 30여 명이다. 그중 5명이 대학생이라는 것이 밝혀졌다.

이 여성들에게 마약을 먹인 후 각종 음란한 행위를 하도록 강요했던 것이 사건의 진실이다.

동영상에 등장하는 인물은 누가 봐도 김 전 차관이다. 그럼에도 처벌받지 않고 있다.

원래대로라면 이 사건은 대법원까지 올라간다.

그리고 대법원도 증거로 제출된 동영상 속 인물이 김 전 차관이 맞다고 명시한다.

그럼에도 김 전 차관의 성 접대, 금품 및 뇌물수수 혐의에 대해 공소시효 완성과 더불어 증거 부족을 이유로 무죄를 선고할 예정이다. 2022년에 일어날 일이다.

세상을 떠들썩하게 했던 사건을 질질 끌더니 유야무야 종료시킬 예정인 것이다.

이처럼 세인의 관심이 집중된 사회문제라 할지라도 권력과 금력으로 찍어 누르거나 덮어버리는 것이 대한민국의 정계, 언론계, 법조계, 그리고 고위 공직자들이다.

그런데 최근 들어 이변이 발생하였다.

소위 있는 집 자식들이 대거 에이프릴 증후군에 걸려 비명을 지르다 뒈져버리는 것이 그것이다.

아무리 유명하고, 돈이 많아도 손을 쓸 수 없는 것이 에이프릴 증후군이다. 하여 자식이 비명을 지르다 뒈져버리는 모습을 고스란히 지켜볼 수밖에 없었다.

비명을 지르고 발광하기 시작하면 곧바로 대학병원 등 상급 병원으로 보내지만 빈 병실이 없다.

예전 같으면 병원장 등에게 압력을 가해 어떻게든 빈 병상을 만들어내도록 했을 것이다.

강제 퇴원이 그 방법이다.

빽 없고, 돈 없는 환자가 그 대상이다. 그런데 병상을 차지하고 있는 자들 또한 함부로 대할 수 없는 연놈들이다.

하여 부모들이 보는 앞에서 고꾸라졌다.

얼마나 고통스러워하는지 눈뜨고 볼 수 없을 지경이었다고 하는데 어찌 하겠는가!

마약성 진통제로도 그 통증을 감해줄 수 없었다.

결국 마약중독자 대부분이 비명을 지르며 발광하다 뒈졌다. 문제는 부고(訃告)이다.

누군가 죽었다고 소식을 전하면 가장 먼저 사인(死因)부터 묻는다. 만일 노환이라면 정중히 조문하지만 에이프릴 중후군이라면 욕만 할 뿐 아무도 문상(問喪)가지 않는다.

자칫 전염될 수 있다는 것이 첫째 이유이고, 둘째는 에이프릴 증후군으로 뒈졌음에도 문상을 가면 사회적인 지탄 대상이 되는 까닭이다.

하여 4촌의 죽음은 문상에서 제외이다. 다시 말해 누군가 죽었다고 하면 3촌 이내만 상갓집에 간다.

큰아버지, 작은아버지, 고모, 큰외삼촌, 작은외삼촌, 이모만 가는 것으로 풍토가 바뀌었다.

그런데 이마저도 안 가는 경우가 많다.

누군가의 사망을 계기로 절연(絶緣)하여 더 이상의 피해나 손가락질을 감당하지 않겠다는 뜻이다.

'네! 예상보다 훨씬 많아서 놀랐어요.'

'흐음, 마약중독자는 아무 짝에도 못 써. 그러니 일찌감치 정리하는 것이 좋은 일이야.'

'전적으로 동의해요.'

마약중독자는 결코 정상인과 같지 않다.

언제 어떻게 돌변하여 어떤 사건을 일으킬지 알 수 없다. 그러니 하루라도 빨리 세상에서 지우는 것이 낫다.

'정리할 건 정리해야지. 참, 조폭들은 어떻게 했어?'

'악질은 전원 사망, 단순 가담자는 손목과 발목 인대를 하나씩 제거했어요. 놈들이 모았던 재물은 전부 압수했구요.'

'폭력이나 협박으로 남에게 해를 입히고, 재물을 갈취하거나 성추행 또는 성폭행을 가하는 등의 나쁜 짓을 하는 놈들은 앞으로도 발견되는 즉시 제거해.'

'당연하죠. 조직폭력이라는 용어 자체가 없어질 때까지 지속적으로 처벌할 게요.'

'죽을 때까지 개고생해야 하는 거 알지?'

'당연해요. 산 채로 기름에 튀겨지는 듯한 고통을 죽을 때까지 수십 번은 느끼게 할 게요.'

산 채로 펄펄 끓는 기름에 빠뜨리는데 딱 죽기 직전에 건져 올리겠다는 뜻이다. 물론 그런 상황을 미리 알게 한다.

단체로 체벌을 당할 때 먼저 맞는 모습을 지켜보는 것이나 다름없게 하겠다는 뜻이다.

'당연한 일이야. 근데 수십 번은 너무 적지 않아?'

'알겠어요. 최소 100번 이상이 되게 할게요.'

'그래! 그리고 억울한 죽음이 있는지 확인해.'

'억울한 죽음이요? 뭘 말씀하시는 건지요?'

'입막음, 방해물 제거, 쾌락 등 사리사욕으로 인해서 살해당하는 경우가 있어. 군대나 간호사들의 구타나 갈굼으로 인한 자살 포함이야.'

'알겠어요. 근데 그걸 어떻게 할까요?'

'뭘 물어? 억울한 죽음에 대한 대가를 치러야 할 사람이 있다면 당연히 그래야 하지 않겠어?'

현수의 회사 생활은 까마득한 옛 일이다. 이전 삶에서 천지건설 신입 사원이던 시절을 이야기 하는 것이다.

당시 언론에 심심치 않게 등장하는 뉴스가 있었다.

상사의 언어폭력이나 가혹행위를 견딜 수 없어 세상을 등진다는 유서만 남기고 자살했다는 것이다.

이런 뉴스를 보던 중 어떤 외국인이 이에 대한 소회(所懷)를 남긴 걸 보게 되었다. 다음이 그 내용이다.

*한국인들은 참 이상해!*

*본인이 피해자인데 왜 스스로 목숨을 끊지?*

*나 같으면 죽어도 그놈 먼저 죽인 후 죽겠어.*

*한국의 법정은 솜방망이만 있어서 기껏 처벌받아 봐야 고작 징역 3~10년이라고 하더라.*

*재수 좋으면 집행유예도 가능할걸!*

*그러니 자살하기 전에 먼저 죽여. 내가 없어지면 후임 중 누군가가 또 그런 꼴을 당할 수 있잖아.*

작년 6월 모 경찰청에서 징계위원회를 열어 A경감에 대한 파면을 결정했다.

부하직원으로 하여금 자살케 한 것에 대한 처벌이다.

A경감은 자살한 B경사 및 부서 직원들에게 욕설 등 심한 질책을 가했고, 부하직원의 차량을 얻어 타고 다녔다.

아울러, 사적인 심부름을 시키는 등 복무규율을 위반한 사실이 확인된 결과라고 한다.

발견된 유서에는 다음과 같은 내용이 있었다.

*A경감은 자신이 부서로 데리고 온 직원만 편애하여 소속 경찰관들의 반목과 갈등이 매우 심했다.*

*고관절 괴사 질환이 있어 다리를 절뚝거리는데도 뭔가 꼬투리를 잡으면 30분~1시간씩 세워놓았다.*

*이 밖의 여러 괴롭힘으로 인해 정신병원에 입원할 정도의 스트*

레스를 받았다.

감찰조사 과정에서 A경감은 다음과 같이 말했다고 한다.

*B경사를 괴롭힌 사실이 없다.*
*다만 업무적인 훈계를 했을 뿐이다.*

부하 직원이 본인 때문에 자살한다는 유서를 남겼다.
그럼에도 이런 말을 했다는 것은 딱 봐도 '반성이란 걸 할 줄 모르는 개자식'이라는 뜻이다.
B경사도 경찰이니 권총을 지급받았을 것이다.
그걸로 먼저 이놈을 쏴서 죽였다면 상관 살해죄로 처벌은 받겠지만 목숨을 잃지는 않았을 것이다. 아울러 가족들이 졸지에 유족이 되는 일도 일어나지 않았다.
대한민국은 현재 법원에서 사형이 언도된다 하더라도 형 집행을 하지 않는 국가이다.
따라서 교도소 생활이 지겹기는 하겠지만 견디다보면 광복절 특사 같은 걸로 풀려날 수도 있다.
모범수가 되면 운 좋게 감형받을 수 있고, 귀휴도 가능하다. 참고로, 귀휴(歸休)란 복역 중인 사람이 일정기간 휴가를 얻는 일이다.
6개월 이상 복역하고 형기의 3분의 1이 지나 교정 성적이

우수한 모범수는 특별사유가 있을 때 20일 이내의 귀휴를 허가받을 수 있다.

무기형 등은 7년이 지나야 가능하다.

아무튼 인간성이 결여되어 여럿에게 피해를 주는 것을 제거하는 것은 사회 정화이고, 정의를 구현하는 일이다.

그러니 본인 스스로 목숨을 끊는 것은 지극히 어리석은 일이라 할 수 있겠다.

공무원의 파면은 가장 강력한 처벌인 것이 맞다.

공무원 신분에서 제외되고, 5년간 공직재임용에 제한이 생긴다. 아울러 연금 또는 퇴직수당의 절반만 지급된다.

요 대목에서 주의할 점은 '5년간 공직재임용 제한'이다. 다시 말해 파면 후 5년이 경과하면 다시 공직자가 될 수 있다.

그럼 또 누군가를 심하게 갈굴 것이다. 인간의 천성은 결코 바뀌지 않기 때문이다.

따라서 자살할 생각이 들면 먼저 원인을 제거하는 것이 본인의 정신건강에 훨씬 이로운 일이다.

회사를 그만두면 끝날 일이고, 너무 심하게 갈구는 상사나 동료를 죽이는 것도 한 방법이다.

군대에도 선임의 의한 구타나 갈굼 등으로 자살하는 병사들이 많다. 2016년엔 자살과 구타로 62명이나 사망했다.

대한민국 군대는 부를 때는 '나라를 위해서'라는 명목으로 징집한다. 그런데 사망하거나 부상당하면 '우린 모른다.

알아서 해라.' 라며 후안무치한 태도를 보여 욕을 먹는다.
 이는 반드시 고쳐져야 할 폐단(弊端)[15]이다.

*     *     *

 '뭔 말인지 알지?'
 '네! 폐하의 말씀대로 억울함을 풀어줄게요.'
 '그래. 지위고하, 인원을 망라해.'
 '알겠어요. 꼭 그렇게 할게요.'
 '그래? 어떻게 할 건데?'
 '데스봇을 투여할까 싶어요. 하루에 두 번 정도 고통을 겪는 레벨4가 어떨까요?'
 '그것도 한 방법이지. 그보다는 팔과 다리 하나씩 끊어내고 안구도 하나씩 터뜨리는 건 어때?'
 '평생 제대로 된 인생을 살지 못하게 하라는 뜻인 거죠?'
 '그렇게 하면 억울하게 죽은 영혼이 위안을 갖지 않겠어?'
 '알겠어요. 폐하의 지시대로 할게요.'
 '아! 그냥 그러면 효과가 적겠다.'
 '네? 그럼 어떻게 해요?'
 '안구는 그냥 터뜨리고, 팔과 다리는 괴사시켜.'
 <u>절단 수술을 받을 수밖에 없도록 하라는 것이다.</u>

---

15) 폐단(弊端) : 어떤 일이나 행동에서 나타나는 옳지 못한 경향이나 해로운 현상

'그럼 괴사성 피부감염 정도가 적당하겠네요.'

감염된 피부가 붉어지고, 만지면 온기가 느껴지며, 붓고 피부 아래에 기포가 형성될 수 있는 것이다.

대체로 극심한 통증을 경험케 하며 고열이 발생한다.

아울러 괴사한 조직을 외과적으로 제거해야 하는데 심하면 팔이나 다리를 절단해야 한다.

남을 괴롭혔으니 그에 합당한 고생을 하라는 뜻이다.

'정도가 심하면 추가로 목소리도 뺏어.'

'접수했어요.'

악인은 지옥으로 가는 것이 옳다. 이들은 인공장기의 혜택을 받을 수 없고, 첨단 의수 및 의족도 조치 받지 못한다.

비뚤어진 심성으로 누군가를 죽음으로 몰았다면 당연히 그에 합당한 처벌을 받아야 하기 때문이다.

문득 현수의 뇌리를 스치는 인물이 있다.

'주영이는 어찌 되었고, 내 동생 현주는?'

'민주영 씨의 마비되었던 팔은 정상으로 완전 회복되었어요. 현재 Y-무역에서 업무파악 중이에요.'

'거긴 지금 할 일 없을 텐데?'

'업무 파악을 하면서 수출입 제한 해제를 기다리고 있어요.'

민주영은 Y-그룹에서 생산한 물품을 이실리프 왕국으로

수출하는 업무를 맡는다. 반대로 왕국의 특산품을 한국으로 들여오는 일도 한다.

지금은 한가하지만 조만간 엄청 바빠질 예정이다. 남한의 공산품을 휴전선 이북으로 보내는 일이 추가되기 때문이다.

'그리고 김현주 님의 수술도 성공적이었어요.'

'당연하지! 누가 한 수술인데.'

99.99% 예상 했던 일이다. 다만 0.01%의 부작용 확률이 있었기에 궁금해서 물어본 것이다.

'흉측했던 화상 흔적은 모두 다 지워졌어요. E-GR 덕분에 체내 노폐물도 모두 제거되었구요.'

'아! 그거 주영이에게는 안 줬어?'

생각한 바가 있어서 물은 말이다.

'당연히 민주영 씨도 복용케 했지요. 그래서 두 사람 모두 완전한 정상 상태예요.'

'현주 얼굴 붓기는 다 빠졌어?'

'그럼요 부작용 없이 다 가라앉아서 왕년의 톱스타인 정윤희 씨의 리즈시절 정도로 보여요.'

'그래? 잘 되었네.'

요즘 세대는 정윤희라는 연기자에 대해 아는 바가 거의 없다. 1970년대에 활동했는데 당시는 성형수술이란 것이 거의 없던 시절이다. 다시 말해 천연 미녀이다.

그럼에도 '단군 이래 최고의 미녀'라는 평가를 받고 있다.

성형수술이 고도로 발달한 현재에도 그만한 미모는 볼 수 없기 때문이다. 결혼과 동시에 은퇴하였고, 그 후로는 연예계에 얼굴을 비치지 않고 있다.

어쨌거나 정윤희는 자타가 공인하는 연예계 원탑이었다.

현수의 동생인 김현주는 그런 초미녀의 가장 아름다웠던 시절의 얼굴을 가지게 되었다.

누구나 눈살을 찌푸려 외출을 꺼릴 정도로 끔찍했던 화상 흔적이 말끔히 제거되고 초미녀로 재탄생한 것이다.

현수의 신들린 듯한 성형수술 덕분이다.

그래서 수술 흔적이 전혀 보이지 않는다. 봉합 대신 미라힐을 썼으니 당연한 일이다.

현재는 집에서 다양한 학습을 하는 중이다.

요리, 세탁, 청소, 다림질 등 집안일을 배우는 한편 고등학교 졸업 자격을 따기 위한 검정고시를 준비하고 있다.

매일 예절과 풍습도 배운다. 체력단련은 단지 내부 헬스장과 수영장을 이용한다. 그리고 아침마다 현석나들목으로 나가 한강공원에서 조깅한다.

휴머노이드는 셋이 배치되었는데 현수가 쓰려고 했던 아파트에 머물면서 학습과 집안일뿐만 아니라 운전을 가르치고, 경호 임무도 수행하고 있다.

E—GR은 노폐물 배출뿐만 아니라 잘못된 유전자를 바로잡았고, 체내의 모든 불균형을 완전히 해소시켰을 뿐만 아니라

뇌세포까지 활성화시켰다.

IQ 측정을 하면 150을 너끈히 넘길 정도인지라 모든 것을 상당히 빨리 습득하고 있다.

검정고시를 준비하는 동안 어떤 재능이 있는지 확인한 후 본인이 원하는 삶을 살 수 있도록 할 계획이다.

'주영이 하고 현주가 가까이 지낼 방법은 뭐가 있을까?'

민주영은 착하고, 온화한 성품을 가졌다.

숫자에 매우 밝고, 상당히 꼼꼼하므로 무엇 하나 허투루 보고 지나치지 않을 것이다.

김현주의 성품은 어떤지 아직은 모른다.

부모의 이른 죽음과 오빠의 실종, 그리고 외출을 자제할 정도로 흉측했던 외모가 마음에 이런저런 상처를 주었을 것이라는 것만은 분명하다.

얼마 안 되는 시간이 흘렀을 뿐이지만 현주에 관한 특별한 보고는 없었다.

모나거나 싸가지 없는 성품은 아닌 듯싶다.

아파트를 드나들 때 마주치는 경비원과 상점 점원 등에게 늘 깍듯하게 예의를 갖추는 것을 보면 기본은 되어 있다는 평가이다.

가사 일을 돕고 가르치는 휴머노이드에게도 지시나 명령이 아닌 부탁하는 어투를 쓴다.

부족했던 지식과 이런저런 사회 경험을 갖추게 하면 괜찮겠다는 것이 학습 담당 휴머노이드의 보고였다.
'둘을 만나게 하려구요?'
'주영이 정도면 괜찮을 거 같아. 마음의 상처를 잘 보듬어 주고 다독이는 성격이거든.'
민주영은 한쪽 팔이 마비된 상태로 상당한 기간을 지냈다. 그러는 동안 인근 학원들과의 치열한 경쟁을 견뎌내야 했다.
이것만으로도 몹시 힘들었을 듯하다.
일부 모진 심사를 가진 학부모들의 편견 어린 시선과 독설로 퍼뜨린 소문 때문이다.

*병신에게서 뭘 배워?*
*오죽하면 병신이 되었을까?*
*학원이 다 거기서 거기잖아. 그러니 다른 데로 옮겨.*
*병신이야 병신!*

원생 숫자는 나날이 줄어드는데 가진 밑천이 없다. 게다가 마음으로나마 비빌 언덕조차 없다.
친척이 없는 건 아니지만 모두 남보다 못하다. 돈 없다고 무시하고 만날 때마다 욕이나 안 하면 다행이다.
그래서 아예 인연을 끊고 살았다.
학원은 쇠락하고 있었다.
물에 빠졌는데 조금씩 물이 차오르고 있었던 것이다. 그런데 빠져나갈 방법이 없다면 어떻겠는가!

결국 익사하게 될 것이라는 것을 안다.

얼마나 두렵고, 힘들겠는가!

하여 얼마 버티지 못하고 노숙자로 전락하게 되었는데 아무리 생각해봐도 뾰족한 수가 없다.

대한민국은 매우 치열한 경쟁사회이다.

그 경쟁에서 패하면 재기하는 것이 거의 불가능에 가깝다. 끼워줄 기회조차 주지 않는 냉혹한 사회이다.

그렇기에 OECD 회원국 중 가장 자살률이 높다.

2016년 통계를 보면 한국은 인구 10만 명 25.8명이 자살로 생을 마감했다.

OECD 평균인 11.6명의 2배가 넘고, 2위의 1.5배 가량이다. 압도적으로 자살이 많았다는 것을 의미한다.

민주영도 이 대열에 합류하려고 했다.

헤어날 수 없는 수렁에 빠졌다 생각하여 스스로 목숨을 던질 마음을 품었던 것이다. 결정적인 순간에 신일호가 가서 구해오지 않았다면 시신이 되어 가라앉아 있을 것이다.

아무튼 민주영은 이번 생(生)은 완전히 틀렸으니 다시 태어나는 편이 낫겠다는 생각을 했다.

사는 게 얼마나 어렵고, 힘들어서 그랬을까 싶다.

이전의 삶에서 민주영이 어찌 살았는지 곰곰이 반추해보니 남의 어려움을 보면 그냥 지나치지 못하는 성품이었다.

누가 울고 있으면 어떻게든 살살 달래서 웅어리진 마음을 풀어지게 하는 특기가 있었다.

그리곤 어떻게든 도움을 주려고 했다. 심지어 자비를 털어 어려움에 처한 사람들을 돕는데 사용했다.

그걸 위해 만들어진 것이 JY재단이다. 본인 재산의 9할을 출연하였고, 어려움에 처한 사람들 구제에 힘을 기울였다.

이전의 삶을 돌이켜보니 민주영은 올바르고, 존경받는 가장으로 살았다. 그리고 가정에도 충실했다.

그 천성이 어디 가겠는가!

하여 하나뿐인 동생의 배필로 어떨까 싶은 것이다.

한편, 김현주는 중졸이고, 가진 재산이 없다.

전 직장이었던 일신어패럴이 고작 140만 원이었던 월급조차 3개월 이상 지급하지 않았기 때문이다.

직원들에게 월급을 주지 않았던 사장 놈의 재산을 확인해보니 아파트가 3채나 있었다.

그 중 2채가 서초구에 있는데 상당한 금액을 월세로 받아챙기고 있었다.

일감도 제법 있고, 원청에서의 결제도 원활하여 수입이 상당했는데 직원들의 급여를 체불하고 있었다.

그 이유는 올해 결혼할 아들에게 새 아파트를 사주기 위함이었다.

도로시는 괘씸죄를 적용하여 그의 재산 전부를 탈탈 털었다. 그렇게 털린 금융재산은 직원들 계좌로 송금했다.

액수는 밀린 임금 전액이고, 송금인 명의는 외국인이다.

송금 후, 착오가 있어 잘못 송금했지만 반환을 요구하지 않을 것이니 사용해도 좋다는 전갈을 보냈다.

그가 보유하고 있던 아파트 3채 모두 Y-Property의 소유가 되어 있다. 매입가는 이전 시세의 10분의 1이다.

아울러 아들에게 사주려던 아파트는 없어졌다. 중도금 지불하지 못해 계약금만 날린 것이다.

원청에선 일감을 끊었다.

자체 생산으로 전환했다는 것이 이유이다.

다른 곳에서라도 일감을 따려 했지만 어느 한 곳도 손을 내밀지 않았다.

공장 내의 미싱 등은 헐값에 처분되었다. 직원들이 미지급 급여 해결을 요구하자 야반도주 하려던 것이다.

하지만 이런 의도는 성공하지 못했다.

도주 직전 검거되어 노동청과 경찰의 조사를 받아야 했다.

아파트를 처분한 돈으로 밀린 급여 및 자재대 등 밀린 외상값을 지불하고 나니 빈털터리가 되었다.

현재는 아파트 경비원 자리를 구하려 여기저기 기웃거리는 중이다. 물론 이런 시도는 성공할 수 없다.

서울시의 거의 모든 아파트가 Y-Property 소유가 되었기 때문이다.

일은 실컷 부려먹고 쥐꼬리만 한 월급조차 지불하지 않았다. 하여 그렇지 않아도 가난 때문에 힘든 직원들에게 더한 어려움을 주었다. 그래놓고는 혼자 잘 먹고, 잘 살려고 도주하려던 자의 최후이다.

 어쨌거나 김현주의 지난해 4월의 통장 잔고는 5,125원이었고, 그 후의 수입은 전혀 없다.

 양친 모두 작고했고, 원래의 오빠 김현수도 사망했다.

 친가나 외가 친척이 있기는 한데 워낙 오랫동안 왕래가 없어서 어디에 사는지, 누가 있는지조차 알지 못한다.

 이쯤 되면 천애고아나 마찬가지이다.

 게다가 7살 무렵 입은 화상으로 인해 오른팔과 얼굴이 심하게 얽어 있었다.

 현주는 2017년인 올해 나이 스물여섯이다.

 한창 꽃다울 시절이지만 배운 것 없고, 모은 재산 없으며, 흉측한 외모이다.

 게다가 비빌 마음이라도 품을 언덕조차 없다. 어떤 사내도 거들떠보지 않을 조건이다. 추가로 살림도 할 줄 모른다. 어디서도 배운 적 없는 때문이다.

 하여 누군가의 배필이 되기에 어림도 없다.

Chapter 11
—
우리도 합쳐줘요

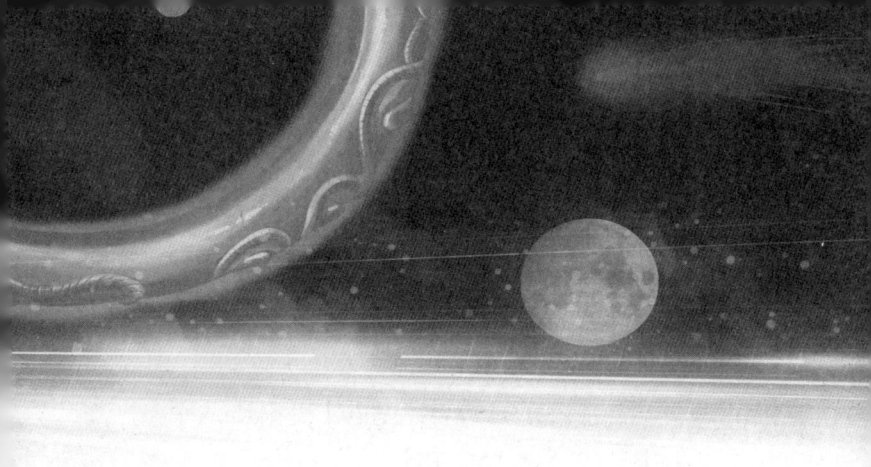

하지만 이제는 다르다.

부모님께서 작고하신 것은 변함없지만 세계 최고 부자인 오빠가 생겼다.

부친의 교통사고 현장을 목격하면서 생겼던 실어증은 완전히 사라졌다. 성형수술과 E-GR 복용 덕분이다.

부족한 학력은 이제부터 채우면 된다.

대학을 가고 싶다면 얼마든지 보내줄 수 있다. 맞는 곳이 없다면 아예 대학 자체를 설립할 수도 있다.

살림살이를 어떻게 하는지도 차차 배우면 된다.

김현주는 세탁기, 건조기, 진공청소기, 컴퓨터, 전기압력밥

솥 등을 써본 적이 없다.

돈이 없어서 그러하다.

세상엔 살림을 편하게 해주는 다양한 도구가 있다.

그중 절반 이상 써본 적 없지만 바보가 아니라면 한두 번만 해보면 바로 사용하게 될 것이다.

현수 덕분에 가난으로부터는 영원히 벗어났고 앞으로는 늘 휴머노이드의 도움을 받게 된다.

손에 물 한 방울 묻히지 않아도 되는 미래가 있는 것이다.

게다가 천하절색인 미모까지 가지게 되었으니 이제 세상 모든 사내들이 탐낼만한 상황이다.

그럼에도 뭇 사내들의 시선에 노출시키고 싶지 않다.

사회 경험이 거의 없고, 너무나 순진하여 음흉한 늑대들에게 금방 이용당할 것이 뻔한 때문이다.

현수의 동생이라는 사실을 모르는 성급한 놈이라면 단물만 빼먹고 버릴 수도 있다.

아무튼 남녀가 같은 장소에 계속 머물다보면 없던 정분(情分)도 생겨날 수 있다.

현수는 민주영을 적진 한복판에서도 안심하고 등을 맡길만한 사람이라고 평가한다.

같은 부모에서 태어난 형제라도 다툴 수 있지만 주영은 그렇지 않다. 물론 무조건 따르는 것은 아니다.

현수가 옳다는 것을 알지만 때로는 이의를 제기하기도 한다. 그러다가도 뭔가를 해달라고 하면 찍소리 않고 해준다.

이전의 삶에선 대학 동기였고, 친구였다.

그럼에도 누가 보면 마치 뇌 없이 맹목적으로 따르는 부하나 신하인 것처럼 보이곤 했다.

나중에 왜 그랬는지 물었더니 이렇게 대답했다.

*친구야! 난 늘 너를 믿었어.*
*넌 너무나 현명해서 그릇된 판단을 할 사람이 아니잖아.*
*그런 니가 뭔가를 하자고 하는데 어떻게 안 해?*
*지금도 그렇구, 앞으로도 그럴 거야.*
*그동안 고맙구, 행복했어. 다 니 덕분이야!*
*다음에 또 볼 수 있으면 보자.*
*오늘은 말을 많이 해서 그런지 조금 힘이 드네.*
*친구야, 나 좀 잘게. 다음에 또 봐.*

민주영이 꺼져가는 촛불의 심지처럼 수명이 다해갈 때 마지막으로 나눈 대화이다.

이게 영원한 작별일 것이라 생각하였다. 그런데 3,000년 가까운 세월이 지난 후 다시 재회하였다.

사람의 천성은 바뀌지 않는다.

민주영은 배울 만큼 배웠고, 제대로 된 인성을 갖추고 있는 사람이니 현주의 부족한 점을 잘 보완할 수 있을 것이다.

아울러 평생 한 눈 한 번 팔지 않고 잘 돌보고, 사랑해줄 사람이다. 하긴 현주가 절세미녀로 변신했으니 한 눈을 팔면 바보일 것이다.

아무튼 당장은 신체 멀쩡하다는 것 이외에 재산이 한 푼도 없지만 현수가 있으니 문제될 것 없다.

재산의 극히 일부만 떼어줘도 세계 2위의 부자가 된다.

하여 둘을 한 곳에 모을 방법을 물은 것이다. 누구라도 내 켜하지 않으면 강요는 않을 것이다.

자연스런 만남에서 저절로 애정이 싹트기를 바랄 뿐이다.

'현주, 검정고시 패스하면 주영이 사무실로 보내.'

'에? 무역에 관해 아무것도 모르는데요?'

'그거야 가르치면 되지. 빨리 배운다며?'

'그렇긴 하죠. 폐하 닮아서 머리가 좋은 거 같아요.'

'……!'

원래는 없던 동생이지만 부모가 같으니 어쩌면 그럴 수도 있다는 생각을 해봤다.

그런데 본인의 두뇌가 뛰어나게 된 것은 마법 덕분이다.

순수하게 정제된 마나가 끊임없이 뇌세포를 자극하여 최대 효율로 활성화시키는 '브레인 리프레쉬'가 그것이다.

참고로, 김현주가 복용한 E—GR은 뇌를 발달시키긴 하지만 현수처럼 고도로 활성화된 상태로 만들지는 못한다.

그렇기에 확신할 수 없어 대답하지 않은 것이다.

현수는 잠시 풍광에 시선을 주었다. 가까운 곳은 인공이 가미되었겠지만 먼 곳은 아직 자연 그대로일 것이다.

'흐으음!'

나지막한 침음을 내며 어찌할지를 생각해보았다.

적극적으로 마법과 미래기술을 동원하여 각종 쓰레기와 오염물질을 제거할 수는 있다.

문제는 이후에 따르는 의심과 질시이다.

듣도 보도 못하던 것은 물론이고 상상조차 못하던 기술에 의해 오염물질들이 깡그리 정리되고 새로운 자원으로 재탄생하는 걸 어찌 이상하다 생각지 않겠는가!

이는 분명한 오파츠이다. 다시 말해 현재의 기술로는 어림도 없는 고도로 발달된 외계 문명에 해당된다.

세계 각국으로부터 온갖 요청이 쏟아질 것이 뻔하다. 그런데 그런 귀찮음을 감수해줄 하등의 이유가 없다.

피 한 방울 섞이지 않은 완전한 남의 일까지 나서서 해결해주고 싶은 마음이 별로 없는 것이다.

그리고 한 번 해주면 줄줄이 해달라고 부탁하고, 칭얼거리다가 짜증을 낸다.

말 타면 견마(牽馬)[16] 잡히고 싶다는 속담이 있다.

그래서 자신들의 욕구가 충족되지 않으면 끝내 화를 내게

---

16) 견마(牽馬) : 남이 탄 말의 고삐를 붙들고 걸어가면서 말을 모는 일. 조선시대에 사복시에 속하여 임금, 세자, 군이 탄 말을 끌던 종칠품 잡직 견마배(牽馬陪)의 준말

된다. 그리고 그 정도가 지나치면 전쟁이다.

이전의 삶에서 여러 번 경험했던 일이다.

물론 그 결과는 항상 상대의 멸망으로 끝났다. 분수도 모르고 기어오르던 자들의 결말이다.

그런데 누가 괜히 남의 목숨을 끊고 싶겠는가!

건드리지만 않으면 누가, 무엇을 하든 개의치 않는 것이 현수의 성품이다. 다만, 불의한 일이나 불법을 저지르는 경우는 예외이다.

어쨌거나 지구를 위해서라도 환경개선을 하기는 해야 한다. 그런데 아무런 대가 없는 봉사는 싫다.

연예인이나 스포츠 스타 등에겐 몸값이라는 것이 있다. 특정 장소에 머물러 주는 것만으로도 대가를 받는다.

현수의 몸값은 지구의 모든 연예인들의 그것을 다 합친 것보다도 비싸다.

지난해 워렌 버핏과의 점심식사 자리 값은 345만 6,789달러였다. 한화로는 40억 6천만 원 정도이다.

'투자의 귀재'가 이렇다면 '투자의 신'인 현수와의 점심 한 끼 자리는 대체 얼마나 될까?

게다가 세계 최고의 부자, 인류 역사상 전무후무할 천재, 작사 작곡의 대가 등 여러 타이틀이 있다.

결정적인 것은 이실리프 왕국의 국왕이라는 것이다.

이제 워렌 버핏이라 할지라도 현수와 밥 한 끼를 먹으려면 최소 10억 달러는 지불해야 할 것이다.

그런데 공짜로 뭘 해주고 싶겠는가!

세상 모든 오염물질을 몽땅 아공간에 담고, 대정화 마법을 구현시키면 그 순간부터 환경을 염려하지 않아도 된다.

그런데 그렇게 해줄 하등의 이유가 없다. 하여 잠시 상념에 잠겼다. 어찌할지 장고에 들어간 것이다.

\* \* \*

"이렇게 뵙게 되어 지극한 영광입니다, 전하!"

"이런! 아직 즉위 안 했습니다."

"하하! 곧 되실 거라 미리 감축드리는 겁니다. 저는 몽골의 외교부 장관 룬덱 푸렙스렌이라 합니다."

"그래요, 고마워요. 먼 길 오셨네요, 반갑습니다. 내 이름은 아시죠? 하인스 킴!"

"아이고 물론입니다. 요즘 전하의 존함을 모르는 사람이 이 세상 어디에 있겠습니까? 너무도 유명하신 분이시죠."

"하하! 그런가요?"

"그럼요! 세 살 먹은 아이와 백 살 된 노인네도 다 아는 게 전하의 존함입니다."

"그렇군요. 아무튼 반갑습니다."

"네, 불청객을 기꺼이 접견해주신 것만으로도 감사한데, 이렇듯 환대까지 해주셔서 너무 감사합니다."

"그래요, 그래!"

현수의 스위트룸을 예방한 사람은 몽골 외교부 장관 룬덱 푸렙수렌이다.

장관은 접견실 문이 열리자 먼저 정중히 고개부터 숙이고 들어왔다. 도저히 푸대접 할 수가 없다.

하여 환히 웃는 얼굴로 맞이한 것이다.

현수가 깜박 잊었다는 듯 불쑥 손을 내밀자 장관은 얼른 본인 바지춤에 손바닥을 쓱쓱 문지른다.

그리곤 황급히 맞잡으며 고개를 숙인다. 단순한 고개 숙임이 아니고 조아린다는 표현이 더 맞을 정도로 공손하다.

상대의 손에서 약간의 축축함이 느껴지는 걸 보면 제법 많이 긴장하고 있는 듯싶다.

"자, 자리에 앉으시죠."

"네에, 감사합니다."

룬덱 푸렙수렌 장관은 정말 지극한 영광이라는 표정으로 자리에 앉는다.

이곳에 오기 전 현수에 관한 여러 보고를 받았다. 어떤 인물인지에 관한 내용이 담긴 것이다.

정보기관에서 평가하는 현수는 '인세에 나타난 반신'이다.

못하는 것이 없고, 모든 분야를 석권한 그야말로 천재 중의 천재라는 평가인 것이다.

이 보고서를 읽는 동안 세기의 천재였던 레오나르도 다빈치 이상이라는 느낌을 받았다.

대단한 인물이니 만남에 예의를 갖추는 것은 당연하다.

게다가 오늘은 들어주기 어려운 부탁의 말을 하기 위해 왔다. 그렇기에 지극히 공손한 것이기도 하다.

"차 한잔할까요? 뭐 좋아하죠?"

"저요? 으음, 전 그냥 아무거나 주셔도 됩니다."

"그래요? 그럼 시원한 키위주스 한잔 드세요."

말을 마친 현수는 냉장고에 담겨 있던 주스를 따랐다.

장관은 세계 최고의 부자이자, 투자자이며, 천재 임에도 부리는 비서 하나 없나 싶어 룸 내부를 둘러보았다.

인기척이 전혀 느껴지지 않는다.

'엄청난 부자인데 흔한 비서도 없어? 검소한 건가?'

생각은 그리 길지 못하였다. 현수가 잔을 내민 것이다.

"잘 먹겠습니다."

"그거 맛이 제법 괜찮을 거예요."

말은 키위주스라고 했지만 실제로는 아공간에 담겨 있던 란더셀이라는 열대과일의 즙이다.

마인트 대륙 북쪽의 세계수로부터 불과 20km 남짓한 곳에서 수확한 것이다.

하여 마나를 풍부하게 함유하고 있어 마시면 속이 시원해지고 면역력 향상된다.

마나의 농도가 짙어 소화기관을 거치는 동안 발생된 이상을 바로잡는 효능이 있다.

그래서 약간의 농축을 하여 크론병 치료제로 사용했다.

참고로, 크론병은 입에서 항문까지 소화기관 전체에 발생할 수 있는 만성 염증성 장 질환이다.

아직은 완치되지 않는 만성 난치성 질환으로 분류되어 있다.

환자들은 외래진료비와 약값으로 월평균 18만 원 정도를 지불한다. 1년이면 216만 원 가량이다.

그런데 3배로 농축한 란더셀 주스만 있으면 끝이다. 한 번에 3잔을 다 마실 수 있으면 굳이 농축하지 않아도 된다.

게다가 소화기관 내의 모든 이상을 정상화시켜준다.

예를 들어 위, 십이지장, 소장, 대장 등에 암세포 또는 용종이 있는 경우 삭혀서 사라지게 한다.

부작용은 전혀 없다. 그러니 크론병 환자 등이 고생할 날은 이제 얼마 남지 않은 것이다.

현수는 맛으로 란더셀 주스를 마신다. 키위주스 비슷한 맛이 입맛에 맞아서 그러하다.

쭈욱! 쭈우욱―!

"하아~! 이거 맛이 아주 괜찮네요."

"그렇죠? 건강에도 아주 좋은 겁니다."

"네, 그럴 거 같습니다."

장관은 크게 고개를 끄덕인다. 음주하면 과민성대장증후군 때문에 설사를 한다.

하여 술 마신 다음 날엔 화장실 근처에 머물러야 한다. 언제 신호가 올지 모르기 때문이다.

    \*   \*   \*

그런데 이제 그런 생활 끝이다.

크론병도 다스리는 것이 이 주스의 효능이다. 과민성대장증후군 정도는 농축액이 아니더라고 대번에 개선된다.

방금 고질병 하나가 완치되었음을 모르지만 맛이 좋았는지 환히 웃는다.

"졸지에 지나가 없어져서 어려움이 많겠습니다."

"그렇죠! 반입되는 생필품 등 물자가 딱 끊겼으니까요."

"저를 만나고자 한 목적은요?"

한가하게 환담을 나누기보다 본론이 듣고 싶은 것이다.

"거두절미하고 왕국에 저희 나라도 병합해주길 바랍니다."

원래는 '우리나라'라는 표현을 써야 한다.

참고로, 자신의 나라나 민족을 남의 나라, 다른 민족 앞에서 낮출 대상이 아니기 때문이다.

그럼에도 저희 나라라 한 것은 의도적이다.

우리도 합쳐줘요 243

몽골정보총국(GIA)은 미래의 이실리프 왕국이 어떨지에 관한 보고서를 작성했다. 지구 반대편이라면 모를까 그리 멀지 않은 곳에 새로 생기는 국가이기 때문이다.

세계 최고 부자이자, 투자자이며, 천재 중의 천재가 다스리게 될 왕국은 첨단의 극을 달릴 것으로 예측된다.

무지막지한 돈과 남한의 최첨단기술, 그리고 한민족의 뛰어난 두뇌와 근면함이 만났을 때 일으키는 시너지 현상을 상상해본 것이다.

그런 왕국과 비교하였을 때 몽골은 너무나 형편없다.

지하자원은 풍부하지만 인구가 적고, 인재도 부족하다.

마땅한 공업기술이 없고, 재정이 좋지 않아 산업단지를 조성하기 힘들다. 게다가 영토는 넓지만 쓸모가 덜하다.

이미 78%가 사막화되었고, 그 비율이 점차 늘고 있다.

풀이 없어 가축을 키우기 힘들어졌고, 지구 온난화로 1,166개 호수와 887개의 강이 사라졌다.

하여 언젠가는 고향을 떠나야 한다는 생각에 두려워한다.

게다가 지나가 없어지면서 일대 혼란이 빚어지는 중이다.

냄새나는 밀입국자들이 없어진 것은 크게 환영할 만한 일이지만 모든 물자가 부족해진 것이다.

국토의 남쪽은 전체가 거대한 수렁으로 변했다.

평균 시력이 무려 6.0이나 되는 몽골인들이 눈을 씻고 찾아봐도 짐승들조차 볼 수 없는 황량함의 극치이다.

집도 절도 없고, 우주에서도 보인다던 만리장성도 사라졌다. 심지어 새들도 보기 어렵다. 아무것도 없는 것이다.

북쪽에 러시아가 있지만 그쪽은 경제난 때문에 누굴 도울 형편이 아니다. 제 앞가림하기에도 바빠 이웃을 돌아볼 여력조차 없는 것이다.

이런 와중에 북한의 권력자들이 나라 전체 헌납하기로 했고, 이실리프 왕국으로 바뀐다는 뉴스가 있었다.

이게 웬 소린가 싶어 연락을 했더니 공관을 폐쇄하겠다는 답신이 왔다. 그러면서 대사관 철수를 요구했다.

그리곤 이전에 맺었던 모든 계약, 협약, 협정, 조약 등이 모두 무효화됨을 통보했다. 그러곤 국가가 소멸되는 2월 28일 이전에 챙길 것 있으면 다 챙기라고 하였다.

자세히 알아보니 꿈과 희망을 잃고 추위와 굶주림에 떨던 북한 사람들의 눈빛이 달라졌다고 한다.

어쩌면 잘 살 수 있을지도 모른다는 한 가닥 희망이 생겼다면서 너무나 든든한 동아줄이 내려왔다고 좋아했다.

몽골은 국무회의에서 이번 기회에 자신들도 왕국에 병합하는 것을 건의하기로 의결했다.

다음으로 야당 당수를 불러 의결내용을 통보하고 의견을 물었다. 어쩌면 극심한 반발이 있을 것이라 생각했는데 예상 외로 쌍수를 들어 환영한다고 했다.

그리고 국회에 모여 난상 토론을 했다.

그 결과 여당과 야당 모두 정치적 이득보다 국민 모두의 미래와 잘 살 수 있는 길을 선택하기로 했다.

그래서 외교부 장관이 바하마까지 온 것이다.

이전의 삶에서도 몽골은 제국에 편입되었고 무리 없이 섞였다. 서기 2261년의 일이다.

장관의 표정을 보니 진심이다. 아무래도 병합시기가 대폭 당겨질 모양이다.

"방금 병합이라고 했는데 어떤 뜻인지는 알죠?"

"네! 가능하다면 저희도 왕국과 합쳐주시길 바랍니다."

"……!"

현수가 잠시 말을 끊자 장관이 얼른 말을 잇는다.

"여당과 야당 모두의 뜻이 그러하고, 받아주시기만 하면 대통령과 장관 등 모두 직을 내려놓겠다고 했습니다."

"북한처럼 하겠다는 건가요?"

나라 전체를 본인에게 헌납하고 진심을 다해 국왕으로 모시겠느냐는 뜻이다.

"네! 현재 국민투표가 추진되고 있습죠. 이실리프 왕국과 병합하려는데 동의하느냐는 내용이 될 겁니다."

마구마구 밀어붙여서 부담감을 주려는 모양이다.

"장관께선 그 투표의 결과를 어찌 보십니까?"

"변화를 싫어하는 일부에서 반대를 하겠지만 아마 찬성이 압도적일 것이라는 것이 저의 예상입니다."

"개인적인 의견인 거죠?"

"그렇습니다만 대세가 그렇게 흘러가고 있지요."

실제로 몽골 국민들은 나날이 발전해가는 한국을 보며 부러워했다. 비록 자원은 부족하지만 기술과 돈, 그리고 인재가 넘쳐나는 국가로 생각하고 있는 것이다.

실제로 국제사회에서의 위상이 상당히 높아졌다.

이전엔 중간에 지나가 끼어 있어서 병합이 아닌 연합이 어떠냐는 의견이 있었다. 그런데 지나가 사라졌다.

걸림돌이 제거된 것이나 마찬가지이다. 하여 연합이 아닌 병합을 하자는 의견이 대세가 된 것이다.

이실리프 왕국은 한국보다 더 돈이 많은 국가가 될 것이다. 국왕 개인의 재산도 어마어마한데 무지막지한 투자수익률을 올리고 있다.

그 이익만으로도 나라가 충분히 운영될 수 있다.

오죽하면 국민들로부터 단 한 푼의 세금도 징수하지 않겠다는 선언을 할 수 있었겠는가!

자본이 충분하니 남한의 발달된 기술이 도입되면 왕국 전체를 개발하는데 걸릴 시간이 얼마 안 될 듯하다.

바야흐로 한바탕 대역사가 벌어질 상황인 것이다.

이번 기회에 편입되면 몽골 또한 눈부신 발전을 거둘 수 있다. 사용하던 건설장비 등을 나눠 쓸 수 있기 때문이다.

그런데 공사가 끝나면 사용했던 중장비들은 창고로 들어간다. 이걸 꺼내서 다시 쓰려면 분해 후 조립을 하는 등의 과정이 있어야 한다. 시간이 문제가 될 수 있는 것이다.

하여 서둘러 국민투표를 추진하는 것이다.

"잠시만 시간을 주시겠습니까?"

"네, 얼마든지요."

현수는 도로시와 심상 대화를 나누었다. 몽골을 병합했을 때의 득과 실을 논한 것이다.

이미 사막화가 많이 진행되었지만 어렵지 않게 해결될 일이다. 정령들을 동원하면 홍수를 낼 수도 있다.

염분이 많아 농사에 부적합한 지하수는 소금기만 정제해 뽑아 올리면 바로 민물이 된다.

지구에서 가장 짠물인 사해의 염분비는 31.5%이다. 1kg에 소금이 무려 315g이나 들어 있다는 뜻이다.

한편, 이란, 아라크, 바레인, 카타르, 아랍에미리트, 쿠웨이트, 사우디아라비아 등으로 둘러싸인 페르시아만의 염분비는 38~41‰이다.

사해의 염분비와는 단위 자체가 다르다. 참고로, 1%는 100분의 1이고, 1‰(퍼밀)은 1,000분의 1이다.

아무튼 페르시아만의 바닷물 1kg에는 소금이 38~41g이 함유되어 있다. 사해보다 훨씬 덜 짜다.

온통 사막이라 늘 물 부족을 겪던 주변국가들은 '해수담수화' 기술에 관심이 아주 많다.

바닷물의 염분 등을 제거하여 음용수 및 생활용수, 공업용수를 얻어내는 일련의 수처리 과정이다.

지구엔 약 13억 8,500㎦ 정도의 물이 있는 것으로 추정된다. 이 중 마실 수 있는 담수는 약 2.5%에 불과하다.

그중에 빙하와 지하수가 포함되어 있다.

이를 뺀 나머지 담수호 또는 하천의 물은 전체의 0.01%도 안 되는 약 10만㎦에 불과하다.

그런데 지구온난화로 인해 빈발(頻發)하고 있는 가뭄과 홍수를 고려하면 인류가 이용할 수 있는 물은 훨씬 적다.

하여 해수담수화 기술이 적극 개발되고 있는 것이다.

이것엔 '역삼투법'과 '증발법' 등이 있다.

증발법은 역삼투법에 비해 3배 이상 에너지가 소비된다. 하여 에너지가 풍부한 중동지역에서 주로 이용되고 있다.

역삼투법은 에너지 소비가 적긴 하지만 장비가 비싸고, 관리가 어렵다는 단점이 있다.

한편, 현수가 개발한 해수담수화 기술의 명칭은 '정마법'이다. 정령과 마법의 이니셜을 딴 명칭이다.

물의 정령이 끌어올린 바닷물의 염분을 걸러내면 정화 마법으로 깨끗하게 하는 방식이다.

장비라곤 굵은 파이프 몇 미터 정도면 충분하다. 이 밖에 에너지와 돈은 거의 들지 않는다.

링크(Link)마법이 추가되면 물류비용도 전혀 들지 않는다.

특정 장소에 있던 것을 멀리 떨어진 다른 장소로 보내는 것이니 어찌 보면 텔레포트나 포탈 마법과 비슷하다.

예전엔 흐르는 액체나 기체를 어디론가 보내려면 합당한 용기에 담아야 했다.

그런데 늘 불편했다.

용기에 담고, 그것을 보내면, 그쪽에 마련된 용기에 옮겨 담은 후, 빈 용기를 되돌려 보내야 다시 보낼 수 있다.

시간이 걸리고, 번거롭다. 옮겨 담는 과정에서 손실이 발생하기도 했고, 폭발이 일어나 사상자가 생기기도 했다.

그리고 용기를 제작하는 비용도 만만치 않았다. 용기가 노후화되면 새 것으로 교체하는 비용도 고려해야 했다.

매번 이러니 불편함이 컸다.

백성들이 이를 호소하였기에 현수가 나서서 창안한 마법이 바로 링크 마법이다.

액체처럼 흐르는 물질을 끊임없이 다른 장소로 보내는 것이 목적이다. 기체도 파이프에 담아 보낼 수 있다.

예를 들어, 링크 마법진이 설치되면 제주도 앞 푸른 바닷물을 몽골 한복판으로 보낼 수 있다.

몽골이 아니라 지구 반대편이라도 문제없다.

정마법의 세부과정은 다음과 같다.

흡입마법진에 의해 바닷물이 빨아들여지면 정령이 염분을 제거한다. 이는 별도 처리를 통해 정제염으로 사용된다.

어쨌거나 민물이 되어 링크 마법진을 통과할 때엔 보내는 쪽과 받은 쪽의 파이프 직경이 완전히 일치해야 한다.

아울러 파이프의 위치까지 딱 맞아야 한다.

그렇기에 진짜 정밀한 3차원 좌표가 요구된다. 이걸 확인하는 것은 현수에게 그리 어려운 일이 아니었다.

그렇게 해서 이쪽과 저쪽의 파이프가 연결되면 이를 통과하는 동안 정화 마법이 구현되도록 한다.

물속의 각종 이물질이 걸러지고, 대장균이나 레지오넬라균처럼 유해한 각종 세균 등이 박멸된다.

그렇다 하여 증류수나 순수처럼 미네랄조차 포함되지 않은 물인 것은 아니다. 칼슘, 칼륨, 마그네슘, 나트륨 등 이온화된 미네랄이 적당량 포함되어 있다.

그냥 마셔도 건강에 아무런 이상이 없을 최적의 담수가 보내지는 것이다.

참고로, 양쪽 파이프는 잠금이 가능하다.

마나집적진이 추가되면 세상의 모든 마나가 다 하는 날까지 계속해서 보낼 수 있기 때문이다.

그러면 받는 쪽에서 침수나 홍수가 날 수도 있다. 그러니 언제든 열거나 잠글 수 있는 밸브가 필요한 것이다.

어쨌거나 세계수로부터 750㎞ 이내라면 영구적으로 해수담수화가 진행된다. 끊임없이 마나를 공급하는 때문이다.

이는 지하수가 없는 곳에서 사용하는 방법이다.

고비사막처럼 지하에 적지 않은 물이 있는데 짠물이라 못 쓰고 있었다면 그걸 쓰면 된다.

이렇듯 식수는 해수담수화로 해결한다.

Chapter 12

*고자 아니래*

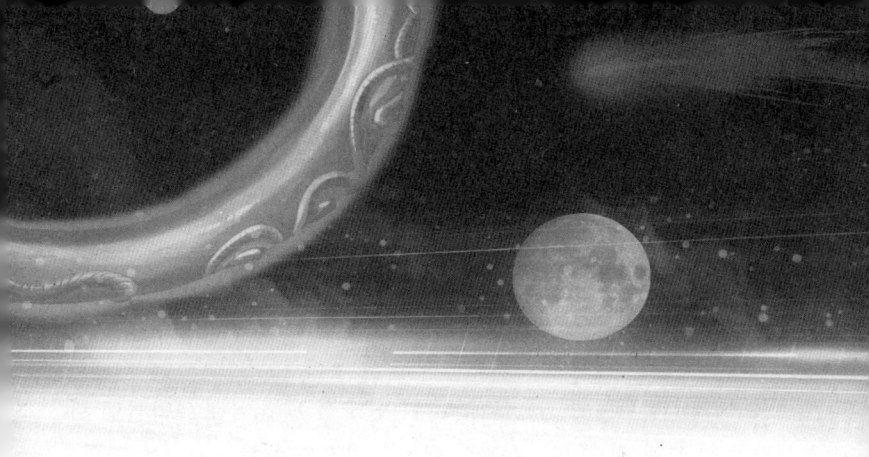

 한편, 농사와 공업 등에 사용될 것은 물의 정령으로 하여금 내리게 한 빗물을 모아서 쓰면 된다.

 이전의 삶에선 고비사막과 사하라사막의 절반이 울창한 밀림이었고, 나머지 반은 곡물 생산기지였다.

 곡물을 수확한 나머지는 가축사료나 퇴비원료가 되었다. 이는 인근의 대규모 축사와 과수원에서 사용되었다.

 조금 더 외곽엔 각종 가공식품 공장과 통조림 제조공장 등이 즐비했었다.

 어쨌거나 두 곳에서 생산되는 곡물과 축산물, 그리고 가공식품은 지구인 전체가 먹고 살만큼 넉넉했다.

상질의 농지와 버려지는 자원의 효율적 활용, 그리고 발달된 영농기법이 삼위일체가 된 결과이다.

대신 다른 곳들은 대부분 자연으로 회복되었다.

하여 매연, 환경오염, 미세먼지, 스모그 같은 어휘들은 아예 사전에서 지워졌다.

강과 바다의 물은 너무도 맑아 수심 10m 아래 조약돌도 훤히 보일 정도였다. 수질도 당연히 개선되었다.

공기 또한 정화되어 하얀 와이셔츠를 며칠 동안 입어도 목덜미 옷깃과 소매 끝이 시커멓게 되지 않았다.

첨단 과학과 절정 마법의 콜라보가 만든 세상이다.

별로 길지 않은 시간이었지만 도로시는 현수에게 많은 이미지 및 영상을 보여주었다.

몽골의 병합 요청을 받아들일지 말지 결정하기 쉽도록 제공한다고 했지만 실상은 부추긴 것이나 다름없다.

'웬만하면 받아들이시죠. 다다익선이잖아요.'

몽골의 인구는 적지만 지하에 매장되어 있는 자원은 어마어마하다. 뿐만 아니라 드넓은 영토가 있다.

다른 이들에게는 사막화되어 가는 황무지이겠지만 현수는 언제든 옥토로 바꿀 충분한 능력을 가졌다.

게다가 고비사막은 봄철 황사의 발원지이다. 이를 녹지로 바꾸면 더 이상 마스크를 쓸 필요가 없다.

그러려면 병합을 받아들여야 한다. 내 땅이 되면 내 마음대로 바꿀 수 있기 때문이다. 업무는 크게 늘지 않는데 급여와 휴일이 대폭 증가한 것 같은 느낌이다.

'끄응~!'

현수는 나지막한 침음을 냈다. 영토가 넓어지는 만큼 돌봐야 할 백성 수가 늘어난다는 것을 알기 때문이다.

'그래봐야 300만을 조금 넘길 뿐이에요. 북한은 2,000만이 넘었었잖아요.'

현수는 들고 있던 잔을 내려놓으며 장관에게 말한다.

"좋아요! 일단 국민 투표 결과를 봅시다."

"아! 감사합니다. 감사합니다."

장관은 연신 고개를 조아리며 환히 웃는다. 이곳에 온 목적이 달성된 것이나 마찬가지이기 때문이다.

투표 결과는 안 봐도 뻔하다. 찬성이 최하 80%이다.

국가 병합을 추진하는 것이 어떻겠느냐는 이야기가 나오자마자 국민들 대부분이 일제히 환호했었다.

병합되면 여권 없이 왕국은 물론이고, 한국까지 아주 쉽게 오갈 수 있을 것이란 기대감 때문이다.

그 후 병합 관련 의견이 쇄도했다.

북한이 모든 것을 헌납한 것처럼 똑같이 하면 자신들에게 무엇이 올지에 관한 내용이다.

지나가 없어져 생필품 부족으로 어려움을 겪고 있다.

인터넷을 통해 왜 그렇게 되었는지는 안다. 그래도 눈으로 확인해야 한다. 하여 헬기를 출동시켰다.

영토 남쪽 먼 곳까지 확인하고 오라는 임무를 부여했다.

그렇게 몽골국영방송 촬영팀이 출장을 다녀왔는데 찍어온 영상은 도저히 믿을 수 없을 정도였다.

마치 외계 행성을 찍어온 것만 같았기 때문이다.

수없이 많던 집과 건물은 눈을 씻고 찾아봐도 보이지 않는다. 바퀴벌레 떼처럼 많았던 사람도 없다.

대신 끝없는 벌판이 펼쳐져 있을 뿐이다. 그런데 눈에 보이는 모든 곳이 온통 수렁이다.

착륙하여 취재하기 전에 바닥상태가 어떤가 싶어 가져간 짐 중 하나를 던져보니 이내 가라앉아버린다.

착륙하거나 내려서면 바로 죽을 수 있다는 것을 의미했다. 이쯤 되면 인간이 살 수 있는 환경이 아니다.

지나가 멸망했다는 국제 뉴스가 거짓이 아니었던 것이다.

다만 동남쪽 신장위구르자치구만은 수해를 입지 않았다.

그런데 그곳 역시 몽골과 다를 바 없다. 졸지에 나라가 없어지면서 모든 물자가 부족한 상태인 것이다.

현재는 소수민족들이 뭉쳐 한족(漢族) 타도작업을 하고 있다. 그들이 가했던 탄압에 대한 복수전이 시작된 것이다.

곳곳에서 살육이 이루어지고 있는데 한족이 일방적으로 도주한다는 점이 전과 확연히 다른 점이다.

간간이 반항하기는 하지만 완전한 중과부적이다. 한족 하나에 소수민족은 열이 넘는 것이다. 하여 완전한 묵사발이 되어 비명을 지르다 죽는 것은 거의 모두 한족이다.

그러게 있을 때 잘했어야 하고, 베푼 대로 거둔다는 것을 늘 잊지 않았어야 한다. 그리고 후회는 아무리 빨리해도 늦는다는 말을 간과한 대가를 치르는 중이다.

가만히 보니 신장위구르자치구도 자기 앞가림하기에도 바쁘다. 그간 당했던 것에 대한 설욕을 하는 한편 스스로 먹고 살 길을 찾아야 하는 때문이다.

이러니 어찌 몽골을 도울 여력이 있겠는가!

하여 북쪽으로 시선을 돌렸다.

그런데 러시아는 현재 혹독한 추위가 휘몰아치는 완전한 동토(凍土)이다. 한겨울의 시베리아를 상상하면 된다.

무엇을 하든 쉽지 않은 계절이다.

너무 추워서 겨울 내내 집 안에 틀어박혀 장만해놓았던 것을 야금야금 줄여가며 버티는 것도 힘들다.

다시 말해 몽골에 도움 줄 수 있는 상황이 아니다.

결국 고립무원인 상태라는 것만 확인할 수 있었다. 지하자원이 풍부하기는 하지만 이번 겨울엔 아무것도 할 수 없다.

이 상태가 유지되면 문명을 버리고 유목민으로 되돌아가야 한다. 21세기에서 졸지에 15세기가 되면 어떻겠는가!

말은 안 했지만 몽골 국민들은 불안에 떨고 있다.

나름 편리해져서 이제 좀 살 만한데 졸지에 고난의 시절이 되어버리면 그걸 견딜 수 있을까 싶은 것이다.

소문에 의하면 이실리프 왕국은 모든 백성에게 주거를 제공한다고 한다. 그리고 단 한 푼의 세금도 걷지 않는다.

뿐만 아니라 마약, 도박, 흡연, 징집, 종교, 총기, 선거, 성매매, 주식거래도 없을 예정이다.

사람을 난폭하게 하거나, 서로 대립하게 할 상황들이 미연에 차단되는 곳이 된다는 것이다.

이 정도만 해도 지상낙원이다. 언급은 안 되었지만 물가 저렴하고, 범죄가 없을 듯싶다.

어찌 병합에 반대하겠는가!

그렇기에 다들 만세 삼창으로 화답(和答)했다.

아무튼 국민투표가 끝나면 몽골도 이실리프 왕국의 일원으로 받아달라는 공식요청을 할 예정이다.

따라서 현재의 방문은 비공식 일정이다. 대통령 특사 자격으로 은밀한 만남을 청한 것이다.

병합이 가납(嘉納)[17] 되면 본인이야 장관 자리를 잃겠지만 몽골 국민들을 위해선 정말 잘된 일이다.

'인구가 대체 얼마나 느는 거야?'

'311만 4,078명이오. 아! 방금 3명 더 늘었어요.'

'끄~응! 알아서 마스터플랜 짜봐.'

'어떤 성격으로요?'

---

17) 가납(嘉納) : 바치는 것을 기꺼이 받아들임

'지하지원 채굴하기 좋게 하는 건 어렵지 않으니 사막을 녹지화하고, 염분이 많은 지하수는 담수화해서 사용해야지.'

'담수화는 찬성이에요. 소금이 필요하니까요. 근데 지속적으로 계속 뽑아 쓰면 지반이 주저앉을 수도 있어요.'

'그럼 담수화만 하고 바닷물을 끌어다 쓸까?'

'그게 낫지 않을까요? 아님 비를 내리게 하든지요.'

'흐음! 오랫동안 건조했으니 한국의 1년 강수량보다 조금 많으면 될지 싶은데.'

'그건 제가 계산해서 따로 보고 드릴게요.'

'그래! 잘 계산해. 같은 일 두 번 반복하지 않게.'

완벽한 마스터플랜이 되려면 먹고 살 만해져서 출산율이 높아지는 것까지 감안해야 한다.

이 밖에 고려해야 할 여러 사항들이 있을 것이다.

다방면을 철저히 살펴보고 계획을 잡아야 지었던 건물을 부수고 새로 짓는 것 같은 일이 일어나지 않는다.

시간과 자원을 낭비하는 일이니 사전에 챙겨야 한다.

도로시와 대화를 마친 현수는 장관에게 시선을 주었다.

"차히야 엘벡도르지 대통령은 어떤 사람입니까?"

"그분은 2번의 총리를 역임했고, 지난 2009년에 대통령이 되었죠. 임기는 올해까지입니다."

요 대목에서 도로시가 끼어든다.

'엘벡도르지 대통령은 1989년 몽골 민주화의 주역 가운데

한 사람이에요. 콜로라도와 하버드 대학에서 정치학과 행정학 학위를 취득했구요.'

'인물평은?'

'으음! 제 평가는요… 괜찮은 거 같아요.'

한국인이나 북한 사람이 아니라 깊은 조사까지는 하지 않은 모양이다. 아주 짧은 시간이었지만 도로시는 몽골의 기록들을 왕창 훑었다. 그 결과가 괜찮다는 평이다.

그렇다면 큰 흠 없이 살았다는 뜻이다. 현수는 가볍게 고개를 끄덕이곤 말을 이었다.

"몽골에도 정보부서가 있는 걸로 압니다. 정치인과 고위 공무원들의 명단과 성향을 알려줄 수 있겠습니까?"

직접 임명하려면 개개인의 특성과 성향 등을 알아야 하기에 청한 것이다.

"귀국하는 대로 보고서를 보내드리겠습니다."

"이메일로 보내주세요. 이건 제 명함입니다."

이름과 휴대폰 번호, 이메일 주소가 기록된 것이다.

"아, 네에! 감사합니다."

장관은 현수의 명함을 유심히 살피곤 조심스레 지갑에 넣었다. 마치 보물 다루 듯했다.

아직은 모르겠지만 현수의 명함은 진짜 보물이다. 이걸 받은 사람의 숫자가 얼마 안 되기 때문이다.

국왕에 즉위하면 명함 쓸 일조차 없어진다. 존재 자체가 명함이 되기 때문이다.

 세상에 몇 없으면 수집가들이 눈에 불을 켜고 찾는다. 희소성이 있으니 당연히 고가 매입이다.

 부르는 게 값인 물건이 되는 것이다.

 세월이 조금 더 흐르면 국립박물관에서나 볼 수 있을지도 모른다. 그렇기에 혹시라도 구겨질까 싶어 얼른 지갑에 넣은 것이다.

 "먼 길 왔으니 편히 쉬었다 귀국하세요. 보고서는 천천히 보내줘도 됩니다."

 "여당과 야당에서 각기 모든 정치인과 고위 관료에 대한 평가서를 따로 작성케 하여 보내드리면 될까요?"

 "아! 그래주면 좋죠."

 서로 정적을 평가하는 것이니 다소 박하게 평가할 것이다.

 그럼에도 상호 교차검증을 제안하는 걸 보면 본인은 자신이 있고, 일머리도 있는 것 같다.

 물론 도로시도 따로 보고서를 작성한다.

 몽골 정치인들의 교차검증보다 훨씬 더 객관적이고, 냉정한 평가를 내릴 것이다.

 장관이 돌아간 뒤 현수는 해변 저택으로 향했다.

 일행이 많아 행렬이 제법 길었기에 수많은 기자와 관광객들의 시선이 꽂혔다. 이에 현수는 유리창을 내려 그들의 환호에 손을 흔들어 화답해주었다.

도로시는 친숙한 이미지를 주어 나쁜 것 없다고 하였다. 그러면서 권한 퍼포먼스였다.

해변 저택 거실에 들어서고 얼마 지나지 않아 지윤을 비롯한 여인들이 우르르 들어선다.

모두 헐벗은 비키니 차림이다. 위에 얇은 것을 걸쳤지만 속이 훤히 비치는 시스루라 입으나 마나한 것이다.

"여기서 하루 더 머물 거죠?"

"응! 더 머물고 싶어?"

"아뇨! 하와이가 더 따뜻하지 않을까요?"

"아니! 여기랑 비슷하거나 조금 낮을 거야."

"헐, 그래요? 그나저나 다 같이 수영하러 가요."

"수영……? 좀 춥지 않을까?"

\* \* \*

바하마의 1월 말 낮 최고기온과 수온은 평균 26℃이다.

IOC와 국제수영연맹은 수영장의 수온을 25~28°C로 유지해야한다고 규정하고 있다. 그러니 수영은 괜찮지만 수온이 낮으니 약간 춥게 느껴질 수 있다.

"아직 괜찮을 걸요."

지윤 등은 매일 매일 수영을 즐겼다. 춥다 느껴지면 해변 그늘막에 들어가 체온을 올리면 되었다.

추울 때를 대비한 난방 기구와 각종 음료가 갖춰져 있고, 먹거리를 만들 수 있는 주방이 있어서 애용했다.

　냉장고엔 신선한 식재료가 그득하다. 이 밖에 한국에서 가져온 여러 종류의 과자도 있고, 라면도 많이 있다.

　젖은 몸을 말릴 수건도 넉넉히 있으며, 안쪽엔 여럿이 온탕을 즐길 수 있는 대형 자쿠지도 갖춰졌다.

　그렇기에 얼른 나가자는 표정이다.

　'여기까지 왔으니 나가보긴 해야겠지?'

　'그럼요. 자기, 수영 실력을 보여주세요.'

　'알았어.'

　잠시 후 현수가 수영복을 입고 등장하자 여인들 모두 흥분된 표정이다.

　탄탄한 대흉근과 묵직한 활배근, 그리고 초콜릿 같은 복근 등으로 너무도 잘 빚어진 조각상 같았기 때문이다.

　여인들의 방심은 단숨에 흔들렸다.

　그래서 그런지 다들 열망하는 눈빛으로 현수의 위아래를 훑어보는데 두 볼 모두 홍조를 띄고 있다.

　무엇을 기대하는지 몰라도 살짝 흥분한 것이다. 하여 멍한 표정으로 잠시 침묵했다.

　가장 먼저 이성을 찾은 것은 지윤과 밀라이다. 얼른 다가서더니 팔짱을 끼곤 잡아당긴다.

　"어서 가요, 어서!"

"어! 그래. 알았어, 알았어."

지요과 밀라의 손에 이끌려 해변에 나간 현수는 수영 실력을 유감없이 확실하게 보여주었다.

팔을 내저을 때마다 힘차게 물살을 가르고 앞으로 쭉쭉 나아간다. 그렇게 해변으로부터 200미터 정도 떨어진 곳까지 나가더니 이내 되돌아온다.

지치지도 않는지 오갈 때의 속도가 다르지 않다.

갈 때는 자유형, 올 때는 접영이다.

그 모습은 물 찬 제비도 울고 갈 만큼 멋졌다. 하여 여인들 모두 입을 벌린 채 멍한 시선으로 바라보았다.

원래의 계획은 다 같이 현수를 협공하는 것이었다.

물싸움을 해서 그간 한 번도 안아주지 않은 것에 대한 보복을 가하려 했던 것이다.

그런데 계획이 싹 바뀌었다. 여인들은 한 번이라도 품에 안겨보려 육탄돌격을 마다하지 않았다.

현수는 여기저기서 느껴지는 뭉클함 때문에 곤란했다. 신체의 일부가 말을 안 들으려했기 때문이다.

'도로시! 이거 왜 이래?'

'잠깐만요, 저 지금 말씀하신 마스터플랜 짜느라 엄청 바빠요. 정말 급한 일 아니면 이따 말씀하세요. 통신 끝!'

'너어……!'

뭔가 의도적인 조치를 취했다는 뜻이다.

도로시는 24시간 내내 현수의 신체를 조망한다. 그러다 조금이라도 이상이 발견되면 즉시 조치하거나 알려준다.

인체에는 아직 과학계가 발견하지 못한 여러 가지가 있다. 그중 하나가 발기 촉발 신경세포이다.

전두엽은 두정엽, 측두엽, 후두엽과 함께 대뇌피질을 구성하는 한 부분이다. 기억력, 사고력, 추리, 계획, 운동, 감정, 문제해결 등 고등 정신작용을 관장하고 있다.

이 밖에 다른 연합영역으로부터 들어오는 정보를 조정하고 행동을 조절하는 기능도 가지고 있다.

한편, 축삭돌기는 뉴런이라는 신경세포의 부분 중 자극을 세포 밖으로 전도시키는 역할을 맡고 있다.

그리고 이것의 끝부분과 신경전달물질이 오가는 다음 뉴런 사이의 틈을 '시냅스'라 한다.

이런 틈 중 하나에 지속적인 전기적 자극이 전해졌다. 반응하지 않을 수 있게 만든 것이다.

참고로, 모든 생물체 내에는 미세전류가 흐른다. 이를 생체전기라 한다. 신경계에서 정보를 교류하는 데 쓰인다.

인체의 모든 장기들 역시 미세전류의 전기 자극 덕분에 제 역할을 수행할 수 있는 것이다.

한편, 득도한 고승이나, 한계를 뛰어넘은 수련을 거쳐 고수가 된 이의 명경지수(明鏡止水)와 같은 마음은 감정의 변화와 본능을 이성으로 충분히 억제한다.

현수는 득도한 고승이나 고수를 훌쩍 뛰어넘은 사람이다. 오죽하면 반신이라 하겠는가!

하지만 현수도 인간인지라 시냅스에 지속적인 전기 자극이 가해지면 현자의 능력으로도 제어할 수 없는 신체 반응이 일어날 수 있다.

그래서 신체 일부가 말을 듣지 않은 것이다.

어쨌거나 현수는 문득 이상함을 느꼈다. 상당히 오랜 기간 동안 느껴지지 않았던 반응을 감지한 것이다.

하여 얼른 진정시키려 했으나 쉽지 않았다.

육탄 돌격의 도가 점점 더 세지고 있었는데 그와 동시에 시냅스에도 계속 같은 전기신호가 가해졌다.

가슴과 등은 물론이고 팔뚝과 손에서도 뭉클함이 느껴졌고, 둔부와 가슴 등을 쓰다듬는 손길 또한 느껴졌다.

일부런 그런 건 아니고 장난치다 슬쩍 슬쩍 그러면서 깔깔거리며 안겨드는데 어찌 밀어낼 수 있겠는가!

그러던 어느 순간 진짜로 움찔하지 않을 수 없었다. 누군가의 손이 자신의 어딘가를 강하게 움켜쥔 때문이다.

그 순간 현수의 눈빛이 심하게 흔들렸다. 본인도 미처 확인하지 못했던 신체상황 때문이다.

하지만 더 이상은 없었다.

움켜쥐었던 손도 놀랐는지 이내 풀어졌고, 그 순간을 기점으로 여인들의 텐션이 왕창 올라갔다.

한편, 여인들 속에 섞여 있던 지윤이 잠시 멍한 표정을 지었다. 눈의 초점은 멍하니 흐려져 있었는데 뭔가에 몹시 놀란 듯 입은 벌어져 있다.

'뭐지? 웬 몽둥이야? 아니 굵은 가지(aubergine)인가? 근데 그걸 왜 수영복 안에… 헉!'

지윤은 입을 벌렸다. 그 순간 바닷물 한 모금이 들어갔으나 내뱉지 못하고 마셔버렸다.

너무 놀란 나머지 뱉어야함을 깜박한 것이다.

조금 전의 감촉은 분명 굵었고, 아주 단단했다. 시장에서 팔던 큼지막한 가지의 중간부분이었다는 느낌이다.

길이가 어느 정도인지는 확실히 알지 못한다. 아주 잠깐 딱 한번 움켜쥐었던 것이 전부인 때문이다.

한 가지 확실한 것은 상당히 굵었다는 것이다.

잠시 후, 지윤은 밀라 등을 바라보곤 고개를 끄덕였다.

일행을 대표하여 고자가 아니라는 것을 확인하고 그 결과를 알려준 것이다. 그리고 사전에 약속한대로 입을 딱 벌렸다. 기대 이상이었다는 표현이다.

현수는 아무리 유혹해도 끄떡없었다.

하여 혹시 고자가 아닐까 싶어 불안했었다. 그런데 아니라고 하니 여인들의 텐션이 확 올라간 것이다.

현수는 이내 본색을 되찾았고 여인들은 모르는 척 유영을 하며 즐겼다. 그러는 내내 뭉클함을 계속해서 경험해야 했다.

곤혹스러운 상황이었지만 대놓고 만져도 좋다고 달려드니 어쩔 수 없었던 일이다.

수영을 마치고 해변 그늘막으로 들어서자 헤스티아 노울스가 방긋 미소를 지으며 맞이한다.

"어서 오세요. 마스터!"

그리곤 지윤이 챙겨온 밀크로션, 아이크림, 비비크림 및 마스크 팩 등이 고맙다면서 맛있는 음료를 만들어주었다.

적당히 체온이 올라오자 다시 바다로 나아가 수영을 즐겼다. 여인들 모두 근심걱정을 덜어서 그런지 아주 행복한 웃음을 연신 터뜨렸다.

현수 혼자만 당혹스러웠을 뿐 지윤, 밀라, 올리비아, 이화, 그리고 아델리나는 모두 만족스러웠던 오후였다.

고자가 아니라는 것을 확인했으니 이제 단단한 인연만 만들면 된다. 가장 좋은 것은 같이 밤을 보내고, 그 결과로 귀여운 아기를 잉태하는 것이다.

출산까지 마치면 끝이다. 특별한 잘못을 하지 않는 한 죽을 때까지 현수의 곁에 머물 수 있다.

이 시점에 여인들이 공통적으로 바라는 바이다. 어쨌거나 바하마에서의 일정은 모두 끝났다.

다음 날 오전, 현수 일행 및 Y-그룹 소속은 모두 비행기에 올랐다. 출발할 때와 달리 자리가 많이 비었다.

다이안과 플로렌, 그리고 그들을 지원하는 스태프들이 빠진 때문이다.

떡 본 김에 제사 지낸다는 말이 있다.

한국으로 가면 다시 출국하기 쉽지 않다. 하여 나온 김에 전 세계 순회공연을 하고 귀국하기로 한 것이다.

다이안이야 빌보드 차트 1위를 점령한 대세 그룹이지만 플로렌은 갓 데뷔한 신인이나 마찬가지이다.

그럼에도 공연 동반자로 따라갈 수 있었던 것은 전적으로 현수와의 합동공연 덕분이다.

이번에 발표된 신곡 LUX에 대한 세계 각국의 반응이 아주 좋은 것도 한몫했다.

어쨌거나 순회공연 총책임자는 아일랜드 데프 잼 레코딩스의 부사장 올리버 캔델이다.

현수가 보낸 엘릭서가 없었다면 심부전증으로 인해 언제 죽을지 모를 목숨이었다.

5년 생존율이 35%, 심장 이식수술을 받으면 75% 정도였다. 이를 거꾸로 뒤집어보면 5년 이내에 죽을 확률이 65%였다. 죽음이 훨씬 더 가깝다.

설사 성공적인 이식수술을 받더라도 넷 중 하나 정도는 죽는다고 하여 선뜻 수술할 생각을 하지 못했다.

수술대에 올랐다가 세상과 영영 하직하긴 싫었던 것이다.

올리버는 심성이 착한 사람이다.

그런데 신은 이상하게도 착한 이들을 먼저 데리고 간다. 그래서 남은 이들을 슬픔의 도가니에 빠뜨려버린다.

어쨌거나 올리버는 구원 받았다.

완치가 어려운 심부전증으로부터 완벽히 안전해졌을 뿐만 아니라 기력 또한 왕성하다.

올리버는 자신이 죽을 확률이 높다는 것을 알고 난 뒤 미녀 여비서 제인과 바람난 것처럼 꾸몄다.

본인의 죽음 때문에 아내가 슬퍼하지 않게 미리 정을 떼려 했던 것이다. 이를 몰랐던 제시카는 불 같이 화를 냈고, 단호하게 이혼을 선언했다.

그런데 고질이 사라졌다.

정기검진을 받으러 갔다가 발견된 일이다.

의사들은 혹시 사람이 바뀐 건 아닌지 확인해야 한다고 했다. 그러면서 말도 안 되는 일이라고 몹시 놀랐다.

심장에 구조적 이상이 있을 뿐만 아니라 죽상경화증과 판막질환이 동반되어 있어 수술도 어려웠던 때문이다.

그런데 모든 게 바뀌었다. 마치 심장과 혈관 모두 새 것으로 교체한 것 같았던 것이다.

당연히 정밀검사를 해보자고 했지만 거절했다. 혹시라도 오진이었다는 소리를 듣고 싶지 않았던 것이다.

어쨌거나 병원을 나선 올리버는 가장 먼저 전 아내 제시카에게 전화를 걸어 잘 있는지 물었다.

헤어질 때는 화를 몹시 냈지만 애정이 식은 것은 아닌 듯싶었다. 하여 만남을 청했고, 그 자리에서 자신이 왜 그랬는지 이야기했다. 병원 기록도 보여주었다.

그 결과 어렵지 않게 재결합에 성공할 수 있었다.

올리버 캔델은 술주정뱅이가 아니고, 폭력적이지 않으며, 직업 없는 백수가 아니다.

늘 다정했고 항상 제시카를 먼저 챙겼다. 게다가 부사장으로 진급하면서 급여가 왕창 늘었다.

재벌 같은 호화생활은 못 하겠지만 가난 때문에 불편함을 겪을 일은 없다.

한 가지 흠이라면 주변머리가 조금씩 줄어드는 탈모가 진행되고 있었다는 것뿐이다.

올리버는 오해의 단초가 된 미녀 여비서 제인과 업무적인 관계 이외에 아무것도 없었음을 증명했다.

제인은 비밀 결혼을 했고, 아이를 잉태한 몸이다. 그리고 깨가 쏟아지는 신혼생활을 즐기고 있었던 것이다.

현수는 재결합을 축하하는 의미로 바이롯과 회복포션을 보냈다. 러시아의 푸틴에게 주었던 것과 같다.

한동안 체력이나 정력 걱정 없이 불타는 밤이 이어졌을 것이다. 그로 인해 2세가 잉태되었지만 아직은 모른다.

Chapter 13
—
개만도 못한 새끼들

다이안과 플로렌의 멤버들 그리고 스태프들 말고도 여럿이 먼저 귀국했다.

공연 및 영화와 드라마 스케줄 때문이다. 그래서 인원이 확 줄어 빈자리가 많은 것이다.

이제 귀국하는 길에 하와이에 들러 신나는 바캉스를 즐길 일만 남았다.

이로서 알파고와의 2차대국은 성황리에 끝났다.

도로시는 대국료 110억 달러와 그보다 훨씬 더 큰 액수의 광고비와 중계수수료를 챙겼다.

1국부터 10국까지 이런 저런 베팅으로 번 것은 앞의 것을 모두 합친 것보다도 훨씬 많다.

꿩 먹고, 알도 먹은 셈이나.

그런데 수입이 너무 짭짤하다.

'식량과 연료뿐만 아니라 비누나 생리대 같은 각종 생필품과 화장품 등도 넉넉하게 챙기는 거 잊지 마.'

'당연하죠. 걱정 마세요. 넘치도록 준비할게요.'

도로시가 운용하는 자금은 이미 그 규모가 너무 커서 주식과 선물시장에서 이익을 취하지 않고 있다.

수익률이 너무 높아 전 세계 자금을 초강력 진공청소기처럼 몽땅 빨아들일 수 있기 때문이다.

하여 현수의 개인 재산을 불리는 데 사용되고 있다.

합법적인 축재가 되도록 풋옵션과 콜옵션을 반대로 걸어 일부러 잃어주고 있는 것이다.

덕분에 현수의 투자 수익률은 타의 추종을 불허할 만큼 어마어마하고, 기록적이다.

진짜 투자의 신인 것처럼 보일 정도이다.

그럼에도 도로시가 운용하는 자금을 넘기엔 요원하다. 1개월 이자가 대한민국 1년 예산을 훌쩍 넘길 정도이다.

그러니 필요로 하는 모든 것을 너끈히 해결할 수 있다.

아무튼 현수의 지시는 대한민국의 사치품을 제외한 거의 모든 공산품 재고를 소진시키라는 소리와 같다.

예전과 달리 이젠 'Made in Korea'라는 딱지가 붙어 있어도 상관없다.

더 이상 적대관계가 아니기 때문이다.

한국은 다른 국가와의 수출입이 차단되어 있어 내수로만 간신히 유지되고 있다.

차단 초기엔 극심한 불황이라 명예퇴직 및 정리해고 명목으로 회사를 나가라고도 해도 큰 불만이 없었다.

일부에선 위태로운 회사를 나가 더 좋은 곳으로 이직하겠다고 사표를 던지기도 했다.

덕분에 친일파의 후손, 낙하산 인사, 청탁 입사자, 해로운 커뮤니티 회원 등을 알뜰살뜰하게 몰아낼 수 있었다.

그러다 특정 종교 관련자들의 죽음이 쇄도하기 시작했다. 그 결과 빈자리가 더 많이 생겼지만 회사는 까딱없다.

어떤 회사는 지불하던 임금이 절반 정도로 줄었다.

임직원 수가 절반 정도로 쪼그라든 것이다.

덕분에 부채 상환 능력이 좋아져 체질개선이 되기도 했다.

'이가 없으면 잇몸으로 먹는다.' 는 말이 있다.

이를 한역하면 치망순역지(齒亡脣亦支)라 하는데 '있던 것이 없어져 불편해도 없는 대로 참고 살아간다.' 는 뜻이다.

불황과 대규모 감원 및 이직으로 인해 불안함을 느낀 임직원들은 배전(倍前)의 노력을 하였다.

혹시라도 회사가 침몰하면 졸지에 구직자로 전락하기 때문이다.

불황이 온 나라를 휩쓸고 있는데 어찌 새 직장 구하기가 쉽겠는가!

그렇게 인원이 왕창 줄었지만 회사는 정상적으로 돌아가야 한다.

하여 근무시간에 딴 짓을 하거나, 사적인 용무를 보던 관행이 사라졌다.

세상이 어찌 되거나 말거나 느릿느릿, 세월아 네월아 하는 근무태만도 보기 힘들게 되었다.

찍히면 나가야 한다는 뜻을 가진 '찍나' 라는 합성어가 은밀히 회자되던 때이기 때문이다.

모든 임직원은 정해진 근무시간 내에 업무를 처리해야 한다. 이것이 급여를 지불받는 조건이다.

그런데 회사에서는 야근 및 연장근무를 허용하지 않는다. 따라서 시간적 여유가 없었던 것도 한 이유이다.

직원들은 회사 사정이 안 좋아 야근 및 연장근무 수당 지급조차 버거워서 그런 조치를 취한 것으로 알고 있다.

그런데 전혀 그렇지 않다.

모든 상장사에 도로시의 지시가 내린 결과이다. 그 내용은 직원들이 과로하게 될 상황을 만들지 말라는 것이다.

직장인들은 돈을 벌기 위한 목적으로 출근한다.

회사가 좋아서 가정이나 개인생활까지 희생시켜가며 충성

을 다하려고 나오는 것이 아닌 것이다.

인간으로 태어났으면 인간답게 살다 가는 것이 순리이다.

혼자 모든 것을 다 할 수 없으니 서로 돕고, 지킬 것은 지키며, 가정을 이뤄 후손으로 하여금 대를 잇게 하다 때가 되면 죽음을 맞이해야 하는 것이 인생이다.

그런데 일부에서 '태어나게 해준 신을 위해 희생하면서 살아가는 것이 옳다' 고 설파(說破)[18] 했다.

개인의 행복 및 사생활이 희생되더라도 생활전반을 오롯이 신에게 헌납하는 것이 마땅하다고 강요했던 것이다.

그런데 이러려면 뭐 하러 인간으로 태어나겠는가!

태어난 보람 없이 오로지 신을 위해 모든 것을 희생하는 것은 미련하고 또 미련한 짓에 불과하다.

이러려면 차라리 안 태어나는 것이 속 편하다. 각종 의무와 책임 등에서 완전히 자유롭기 때문이다.

하여 이 종교를 말살시켰다.

수뇌부가 신도들에게 희생과 복종을 강요하는 한편, 그들의 재산을 갈취하여 호화로운 생활을 즐겼다.

그렇게 축재한 재산은 대물림되었고, 이를 받은 자손들은 사치와 낭비, 그리고 갑질을 서슴지 않았다.

여기에 여신도의 육체까지 유린했으니 개만도 못한 새끼들이다.

---

18) 설파(說破) : 어떤 내용을 듣는 사람이 납득하도록 분명하게 드러내어 말함

그런데 헛소리까지 지껄였다.

세 치 혀로 멀쩡한 사람들을 농락하여 봉사와 희생을 강요했던 것이다. 이는 분명한 사기(詐欺)이다.

참고로, 현수가 가장 싫어하는 범죄가 사기이다.

나쁜 꾀로 남을 속이는 것으로 그치지 않고 상대의 인간에 대한 믿음까지 파괴하는 짓이기 때문이다.

사람들의 눈에는 보이지는 않지만 영혼에 큼지막한 흠집을 내놓는 일이라 하겠다.

아무튼 사기는 지옥에 가고도 남을 죄이다.

하여 산 채로 지옥을 경험케 하고 죽은 뒤엔 영혼을 말살시켜 존재를 지웠다.

문제는 맹목적으로 따르면서 세를 불리는데 앞장섰거나, 이들의 뜻에 동조하여 사적 이득을 편취하던 자들이다.

때리는 시어미보다 말리는 시누이가 더 미운 법이다. 하여 그들의 측근 및 가족들까지 모조리 지워줬다.

사기를 쳐서 번 돈으로 호화스런 생활을 하고, 그 돈의 부스러기를 받아쳐먹던 것들이기에 용서할 수 없었던 것이다.

어쨌거나 모든 회사에서 월차와 연차 사용을 적극 권장했다.

월차와 연차수당을 아끼려는 목적이 아니다.

늘어난 업무량에 비례한 급여인상 단행이 그 증거이다.

경영진은 회사 유보금이 줄어들어 자칫 유동성 위기를 겪을 수도 있다는 보고를 했지만 지시는 변하지 않았다.

현재 모든 상장사는 체질개선 작업을 마무리하고 있다. 작업이 다 끝나면 반석 위에 올려놓은 듯 든든해질 것이다.

'근심지목 풍역불올(根深之木 風亦不扤)'이라는 말이 있다.

용비어천가 2장 첫 구절인 '불휘 기픈 남간 바라매 아니 뮐쌔'의 한역시가이다.

'뿌리가 깊은 나무는 바람에 흔들리지 않는다.'는 뜻이다.

대한민국의 상장사 거의 전부 근심지목이 되고 있다.

회사의 지분 거의 모두 현수의 것이라 M&A나 지분싸움 같은 걸 할 수 없는 상태가 된 것이다.

게다가 필요하면 얼마든지 증자할 수도 있으니 자금이 부족할 일이 없다.

아무튼 사내 유보금 및 불용부동산 등을 매각한 대금은 부채 상환에 쓰여 채무가 별로 남지 않았다.

조직 내에서 파벌을 만드는 등 기생충 짓을 하던 암적인 존재들 거의 모두 제거된 상태이다.

게다가 정치와 관료로부터 완전히 자유롭게 만들었다.

그 어떤 정치인에게도 뇌물을 주지 않아도 되고, 별것도 아닌 공직자들에게 허리 굽힐 이유가 없어졌다.

누가 정권을 잡든 회사 방침을 따르면 된다.

누군가 허튼 수작을 부린다면 곧바로 에이프릴 중후군에 이은 패가망신과 영혼 말살이 기다리고 있다.

생산 공장은 완전 자동화가 진행되고 있다.

주요공정 대부분 인간의 손길이 필요 없다. 파업 등으로 멈춰 설 일 없어진 것이다.

외국으로부터 들여오던 소재, 부품, 장비는 모두 국산화되어 외부에 기인한 생산 차질이 빚어지지 않는다.

공장을 놀릴 수 없어 생산했던 재고가 쌓여 있기는 하지만 조만간 모두 해소될 예정이다.

이실리프 왕국과의 거래가 시작되면 바로 일어날 일이다. 이는 1980년대의 경제성장률은 능가할 신호탄이다.

한국의 국내총생산 실질성장률 변화추세를 살펴보면 1960년대 8.4%, 70년대 9.0%, 80년대 9.7%였다.

입출국과 수출입이 차단되어 소위 차 떼고, 포 뗀 상태임에도 경제성장률 10% 이상이 시작되는 것이다.

기한은 왕국의 기반이 모두 갖춰질 때까지이다. 그렇다 하여 이게 끝인 것은 아니다.

왕국과의 교역을 하는 동안 여러 첨단기술을 전수받게 된다. 이를 충분히 익힌 상태에서 외국과의 경쟁에 나선다.

업그레이드된 일반 품목 이외에 왕국에서 수출제한을 걸지 않은 것들이 더해지게 될 것이다.

그러면 삼성과 LG의 가전제품이 세계시장을 석권한 것처럼 거의 모든 분야에서 두각을 나타내게 될 것이다.

그때쯤이면 주변국과의 마찰이 모두 해소된다.

북한과 지나는 역사의 뒤안길로 사라지고, 일본은 이실리프 왕국에서 버르장머리를 고쳐줄 것이다.

다른 국가들은 한반도로부터 제법 거리가 멀어 위협을 가하는 것이 쉽지 않을 것이다.

일본은 한때 아시아를 대표하는 선진국이었지만 모든 것을 잃고 중세시대로 되돌아가 농경생활을 하게 된다.

해상자위대, 항공자위대는 없어지고, 육상자위대는 경찰에 흡수되어 유명무실하게 된다.

아울러 일본의 왕실 또한 해체되고, 내각은 왕국의 지시를 받는 허수아비가 된다. 이를 어기면 당연히 교체된다.

끝끝내 딴 생각을 품는 자들이 출현하면 아예 정부 자체를 없애버려 난세(亂世)로 만들어버린다.

그리곤 수출입을 제한한다. 국가 봉쇄를 하는 것이다.

그러면 서로 무언가를 차지하겠다고 치열할 전쟁을 벌일 것이다. 인구의 절반 이상이 줄든지 말든지 관심 없다.

그러다 전염병이라도 돌아 전멸하게 되면 당분간 공도(空島)로 둔다.

그리곤 열도의 화산들을 일제히 터뜨려 모든 것을 자연으로 되돌린다.

아무튼 한국은 외부의 침입이나 공격을 걱정하지 않고, 풍요로우며, 평화롭고, 안전한 국가가 된다.

진정한 태평성대(太平聖代)가 열리는 것이다.

한반도의 그 어떤 왕조도 이루어보지 못한 '어진 임금이 나라를 잘 다스리어 마음에 아무런 근심이나 걱정이 없는 세상'이 만들어지는 것이다.

이는 한국이 왕국에 병합되지 않아도 일어날 일이다.

투표로 대통령을 뽑더라도 경제는 현수의 손에 쥐어져 있다.

정부가 올바른 길을 제시하면 따라갈 용의가 있지만 그렇지 않다면 대놓고 거부한다.

이를 공권력으로 다스리려 했다간 관련자들의 사망으로 끝날 수 있다. 허튼 수작은 용납되지 않는 것이다. 특히 사적인 욕심이나 욕망이 섞이면 100% 일어날 일이다.

\* \* \*

'내가 깜박 잊고 말하지 않은 게 있어.'
'뭔데요?'
'모든 범죄행위에 대한 공소시효를 없애라는 거.'
'에? 전부요?'

살인죄와 내란죄 등은 공소시효가 없지만 사기죄는 별도로 규정한 공소시효 기간이 길지 않다.

형법 347조는 다음과 같다.

남을 속여 재물을 교부 받거나 재산상 이익을 취한 자는 10년 이하의 징역 또는 2천만 원 이하의 벌금에 처한다.

그리고 특정범죄 가중처벌에 관한 법률 제3조의 내용은 다음과 같다.

*이득액 5억~50억 미만 : 3년 이상의 유기징역*
*이득액 50억 원 이상 : 무기 또는 5년 이상의 징역*

공소시효란 어떤 범죄에 대하여 일정 기간이 지나면 형벌권이 소멸하는 제도이다.
그래서 화성 연쇄살인사건, 개구리소년 실종사건, 대구 어린이 황산테러사건 등이 영구미제로 남아 있다.
이중 화성 연쇄살인사건은 진범이 밝혀졌다.
그는 경기도 화성과 충북 청주에서 14건의 살인과 34건의 강간 및 강간미수를 저질렀다는 것을 자백했다.
그럼에도 처벌하지 못했다. 공소시효가 완성된 뒤의 자백이기 때문이다.
공소시효라는 것은 원론적으로는 '죄를 없애는 것'이 아니라 사건이 너무 오래 되어 '불문(不問)에 처'한다는 것이다.
그런데 대체 누구 마음대로 묻지 않는다는 것인지는 명문화되어 있지 않다.

아무튼 형사소송법에서는 사기죄 형량을 기준으로 공소시효를 정해놓았다.

짧게는 1년 길어봐야 15년이다.

따라서 수백, 수천억에 달하는 사기를 쳐도 15년만 잘 숨어서 살면 처벌받지 않는다.

누군가에겐 평생을 모은 재산일 수 있고, 그로 인해 수많은 기업들이 연쇄 도산했을 수도 있다.

그곳에서 근무하던 직장인들은 졸지에 백수가 되어 거리를 배회했을 수도 있고, 생활고로 자살했을 수도 있다.

사기꾼은 현금을 비닐 등으로 포장하여 땅 속 깊은 곳에 묻어 두었다가 15년 후에 꺼내 떵떵거리며 살 수도 있다.

희대의 사기범 조희팔에 의한 피해액은 약 8조 원이다. 이 중 적어도 2조 원 이상을 챙겨서 달아난 것으로 알려졌다.

이 사건으로 인한 피해자 수가 7만 명 정도이고, 이로 인해 자살한 사람만 30명 이상이다.

그럼 조희팔은 사기 친 돈을 다 썼을까?

온갖 명품이 모여 있는 대한민국의 모든 백화점들을 몽땅 다 사들이고도 어마어마하게 남을 금액이다.

그러니 어딘가에 은닉했다는 것이 중론(衆論)이다.

그런데 2011년 전북 김제의 마늘밭에서 현금 110억 원을 발견하였다. 불법 도박 사이트에서 벌어들인 수익금이었다.

이러니 대한민국 어딘가에 조희팔이 묻어놓은 돈이 있지

않다고 누가 말할 수 있겠는가!

어쨌거나 공소시효를 악용한 법 미꾸라지들이 있었다는 건 주지의 사실이다.

따라서 공소시효 제도 자체를 없애는 것이 맞다.

'그래, 전부! 분명히 죄를 지었는데 단지 시간이 흘렀다는 이유만으로 처벌하지 않는 것은 합당하지 않잖아.'

'알겠어요. 개정하도록 지시할게요.'

이젠 죄 짓고 도망가는 일이 많이 줄어들 것이다. 언제든 잡히기만 하면 바로 교도소 행이다.

이때 괘씸죄가 추가된다. 하여 원래보다 훨씬 더 긴 기간 동안 갇혀 지내야 할 것이다.

'그나저나 이산가족 상봉도 준비하고 있지?'

'그럼요. 얼마든지 만날 수 있도록 판문점 일대를 리모델링하고 있어요.'

상봉은 물론이고, 모처럼 만난 가족들과 식사와 숙박까지 할 수 있는 시설을 갖추는 중이다.

'한국으로 가겠다는 인원은 얼마나 돼?'

'거의 다요.'

'……!'

새로운 체제가 어떨지 모르기에 내린 결정일 것이다.

하지만 그리워하던 가족과 같이 살아보겠다는데 말릴 순 없다.

'고생 많았을 테니 정착할 수 있도록 도움을 줘.'

'네! 거주지는 정부에서 지원하니 취업 정도면 될까요?'

'그렇게 해. 그리고 정부에서 정착지원금을 얼마라도 줄 거야. 근데 그거 가지곤 부족하지. 그러니 2배 정도 더 줘.'

'특별법을 만들어서 세금 못 떼게 해야겠네요.'

'그래! 그리고 벌레 같은 놈들에게 사기를 당하거나 피해입지 않도록 잘 보살펴줘.'

'당연한 일이에요.'

'DMZ는 어떻게 하고 있지?'

'지뢰제거작업은 지시만 하시면 금방 끝나요.'

지뢰탐지 로봇은 지하 100m 깊이에 있는 것도 탐지해낼 수 있다. 탐침으로 찔러 폭파시키거나 제거 차량을 보내면 금방 끝날 일이다.

국제지뢰금지운동(ICBL)은 남북 DMZ에 약 200만 개가 묻혀 있는 것으로 추정하고 있다.

그런데 도로시가 파악한 숫자는 378만 8,874개이다.

깊숙이 매장되어 있는 것과 미확인 지뢰까지 추가된 숫자이다.

아무튼 탐지 및 제거는 하루에 10만 개라도 가능하다.

로봇을 많이 투입하면 될 일이다. 따라서 한 달 정도면 모두 제거할 수 있다. 번거롭지만 가급적 자연에 해를 덜 끼치려 할 때 사용하는 방법이다.

모든 지뢰들이 일제히 폭파되게 하는 전자기 충격요법을 쓰면 이틀이나 사흘 이내에 모두 제거 가능하다.

폭우 등으로 휩쓸린 목곽지뢰 포함이다.

DMZ 전역에 CBU-105 항공 투하용 대전차 확산탄 같은 폭탄을 투하하는 방법으로 전자기 충격탄을 쏟아내는 방식이다.

참고로, CBU-105는 420kg 정도 되는 폭탄 한 개를 투하해서 최대 40대의 목표를 타격할 수 있다.

이론상 한 번에 탱크 40대를 작살낼 수 있는 것이다.

왕국에서 투하할 것은 하나당 78.5k㎡ 내에 있는 모든 지뢰들이 격발되게 만든다. 직경 10km를 작살내는 것이다.

이는 수십만 개의 고폭탄이 한꺼번에 지표면을 두들겨 그 충격파가 지하로 전달했을 때와 같은 효과를 낸다.

이러니 드넓은 DMZ일지라도 불과 2~3일이면 가능한 것이다. 단점은 지상을 완전히 초토화시켜 거의 모든 동식물의 씨가 마르게 한다는 것이다. 웬만하면 쓰지 않아야 한다.

마법도 가능하다.

지뢰가 탐지되는 즉시 아공간으로 옮기는 방법이다.

가장 안전한 방법이지만 수많은 마법사가 동원되어야 하기에 비용과 시간이 많이 걸린다는 단점이 있다.

'아니, 지뢰 제거 말고 통행차단을 어떻게 할 거냐고.'

'아! 그건 경비로봇을 배치해서 해결해요.'

휴전선의 길이는 약 248km이다. 매 200m마다 하나씩 배치하려면 1,240기가 필요하다.

먹지도 자지도 않고, 꾀를 부리지도 않는 존재이다.

비가 오든, 눈이 오든, 세찬 바람이 불든, 벼락이 떨어지든 늘 같은 곳에서 24시간 내내 진짜 철통처럼 경계를 한다.

따라서 아무도 국경선을 넘을 수 없다.

만일 월북하려는 자가 있다면 생포 후 한국 정부에 인계한다. 어찌 처벌할지는 정부가 알아서 할 일이다.

반대의 경우도 있을 수 있는데 왕정이 시작되고 나면 아마 그 숫자가 제로에 가까워질 것이다.

공산정권의 지배를 받던 사람들이기에 비교적 지시에 순응하는 습성이 있다.

그보다는 희망찬 미래가 보이기 때문일 것이다.

숨어서 한국 드라마를 본다고 잡아가지 않고, 장마당에서 내놓고 한국산 물건을 취급해도 그냥 둔다.

한겨울에도 따뜻하게 지낼 수 있는 집을 지어주고, 무료로 질병치료도 해준다.

징집하지 않으니 군대에서 10년씩 썩어야 할 일이 없다. 보위부는 없어지고, 지도원 동지도 보이지 않는다.

각종 수용소는 모두 해체된다.

세금은 없고, 때리지도 않는다. 그리고 매일 흰쌀밥에 고기반찬을 먹을 수 있게 된다.

아울러 거주이전의 자유를 보장해준다.

누구나 일을 할 수 있게 되며, 정해진 날이 되면 밀리지 않고 월급이 지급된다.

이걸로 하고 싶은 걸 다 할 수 있다.

한국 사람들이 누리는 대부분을 거의 비슷하게 향유할 수 있는 것이다.

다만 못 하는 것이 몇 가지 있다.

마약, 흡연, 성매매, 도박 등이 그것이다.

비싸기만 한 명품이라 하는 것들은 구입할 수 없다.

조금 더 시간이 지나면 국산 상등품을 구입할 수 있는데 그 품질이 명품들보다 훨씬 윗줄이다.

이러니 외화 낭비행위를 제한하는 것이다.

각종 불법행위를 단속하는 것은 '포범'이다. 한국의 경찰과 비슷한 임무를 맡고 있다.

참고로, 포범은 치안 유지를 담당하는 치안청 단속반 소속이다.

잡을 포(捕)와 죄인 범(犯)이 합쳐진 것으로 상부의 지시를 받아 출동한다.

여기서 상부란 도로시이다.

전국의 모든 사람들을 주시하다 범죄행위가 발견되면 그 즉시 치안청에 통보한다. 이는 즉각 출동으로 이어진다.

포범은 근무 순번에 따라 2인 1조로 나가는데 발견 즉시 포범망으로 범죄자를 체포한다.

현장에서 격투를 하거나, 추격할 필요가 없는 것이다.

포범망은 칼로는 베어지지 않을 아주 질긴 금속망이다.

목표물을 겨냥하고 쏘면 알아서 뒤집어씌운다. 매직미사일처럼 도주하는 범인을 끝까지 쫓아가는 것이다.

차량을 이용하여 도주할 경우엔 타이어를 겨냥하고 쏜다.

거의 총알과 비슷한 속도인지라 제로백이 3.5초인 람보르기니라도 도주 불가능이다.

포범망이 타이어를 움켜쥐어 옴짝달싹 못 하게 하기 때문이다. 결국 제자리에서 뱅뱅 돌다 체포된다.

포범망은 현장이 아닌 치안청에 도착한 후에야 풀어지므로 중간에 도주하는 것도 불가능이다.

포범 1인당 3개의 포범망이 지급된다. 한 번 출동으로 6명까지 제압가능하다.

이보다 범인이 많으면 지원을 요청하면 된다.

왕국에선 범죄자의 인권을 당분간 정지한다.

나쁜 짓을 저질렀는데도 보통 사람과 똑같이 대우하는 것은 합당치 않기 때문이다.

그래서 아주 단호하게 대한다.

이렇듯 범죄자들에겐 야차 같다는 말을 듣지만 일반인들에겐 친절한 도우미이다.

그렇다 하여 호구는 아니다. 예의 없이 도발하는 자가 있다면 언제든 제압할 권리가 있다.

제복에 달린 캠은 출동부터 복귀까지 모두 촬영한다.

그래서 도발했던 자의 몰라서 그랬다는 등의 변명이 통하지 않는다.

참고로, 포범의 업무방해는 구류 10일 이상이며, 반드시 태형이 추가된다.

까불다 잡히면 큰 곤욕을 치르게 되는 것이다.

이처럼 엄히 다스리는 이유는 치안유지를 위한 일벌백계이다. 이래야 포범 우습게 알고 덤벼들지 않는다.

이들은 직무 특성상 대부분이 남성이다.

여성 포범도 있기는 한데 여성 범죄자를 전담한다. 그럼에도 일정 수준 이상의 체력과 무력을 요구한다.

어떤 여성이든 제압할 수 있어야 하는 때문이다.

여성 포범도 남성과 동일하게 당직 및 숙직 근무를 해야 한다. 남녀가 평등하니 당연한 일이다.

진급도 동일한 기준에 의해 측정된 결과에 의한다.

치매노인에게 신발과 양말 벗어줬다고 특진, 백혈병 환아에게 머리카락 잘라줬다고 특진, 수능생에게 시계 빌려줬다고 특진, 저체온증 등산객에게 근무복 덮어줬다고 특진 같은 일은 절대로 일어날 수 없는 것이다.

어쨌거나 제작하여 배치할 로봇의 숫자가 상당히 많다.

'로봇 제작은 잘 진행되고 있지?'

DMZ 경비를 맡은 로봇을 의미한다.
'네. 걱정하지 않으셔도 돼요.'
'당분간은 아무도 오갈 수 없어야 해.'


『전능의 팔찌 2부』 27권에 계속…